SCHUPPE DES DRACHEN

Gezeichnet vom Drachen Buch 1

Dragonfire Press

AUCH VON RICHARD FIERCE

DRACHENREITER VON OSNEN

Probe durch Zauberei
Ein Bindung des Feuers
Aufruf der Krieger
Die Münze der Seelen
Flügel des Terrors
Augen aus Stein
Zahn und Klaue
Der Diener der Seelen
Rauchschleier
Der Schurkenreiter
Das Lied der Knochen
Klinge und Thron
Gezeiten der Dunkelheit
Zorn und Untergang
Grab der Eide

SCHUPPE DES DRACHEN

Gezeichnet vom Drachen Buch 1

RICHARD FIERCE

IMPRESSUM

Titel: Schuppe des Drachen
Autor: Richard Fierce
Übersetzung: ScribeShadow
Umschlaggestaltung: Richard Fierce
Satz: Richard Fierce
Verlag: Dragonfire Press
DieOriginalausgabe erschien 2021 unter dem Scale of the Dragon
©2024 Richard Fierce
AlleRechte vorbehalten.
Autor: Richard, Fierce
73 Braswell Rd, Rockmart, GA 30153 USA,
Richard.Fierce@yahoo.com
ISBN: 979-8-89631-020-4
Dieses Buch wurde mithilfe einer Software übersetzt. Wenn Sie Fehler finden, kontaktieren Sie mich bitte und informieren Sie mich darüber.

Dies ist ein fiktives Werk. Die in diesem Buch dargestellten Ereignisse sind rein fiktiv und jegliche Ähnlichkeit mit tatsächlichen Personen oder Ereignissen ist rein zufällig. Alle Rechte vorbehalten, einschließlich des Rechts, dieses Buch oder Teile davon in beliebiger Form ohne ausdrückliche Genehmigung des Herausgebers zu reproduzieren.

Dragonfire Press

1

Die Sonne brannte vom Himmel herab und erinnerte Mina daran, warum sie Lord Klodians sommerliche Jagdausflüge so sehr fürchtete. Er war geradezu besessen davon, Drachen zum Vergnügen zu jagen, und er benutzte Mina wie einen Jagdhund, um sie aufzuspüren.

Ihr Leben war nicht immer so aufregend gewesen. Einst war sie ein normales Mädchen gewesen, das mit ihrer Familie den Hof bewirtschaftete ... bis sie sie an Lord Klodian verkauften. Diese Tage schienen jetzt so lange her. Zumindest brachten die Erinnerungen sie nicht mehr zum Weinen. Sie hatte genug Tränen für den Rest ihres Lebens vergossen, so sah sie das.

»Welchen Weg, Mädchen?«

Minas Tempo hatte sich verlangsamt, was Lord Klodians Forderung provozierte. Sie blickte über ihre Schulter zu ihm. Er saß auf seinem schwarzen Schlachtross, seine polierte Plattenrüstung glänzte in der Sonne. Das Visier seines Helms war hochgeklappt, und er starrte sie ungeduldig an.

Zu seiner Rechten ritt eine Gruppe seiner Gefolgsleute, und zu seiner Linken war Vhan, Klodians Knappe. Die Gefolgsleute starrten sie mit gelangweilten Gesichtsausdrücken an, aber Vhan wirkte aufgeregt. Der Knappe war bei Drachenjagden immer voller Begeisterung.

»Hier entlang«, antwortete Mina.

Sie stapfte weiter durch die Dünen und folgte dem unterschwelligen Ziehen, das sie von der in ihrem Bein eingebetteten Schuppe spürte. Es machte sie wütend, dass Klodian sie zum Laufen zwang, während er und sein Gefolge auf Pferden reiten durften. Sicherlich wusste er, dass es schneller ginge, wenn sie beritten wäre, aber andererseits tat er es wahrscheinlich nur, um sie zu ärgern.

Mina war Klodians Sklavin, das wusste sie. Ob es legal war oder nicht, war eine andere Frage, aber nach allem, was Mina bisher in ihrem jungen Leben mitbekommen hatte, taten die Dominion-Lords, was ihnen gefiel, solange es sie nicht in Schwierigkeiten mit dem Hohen Prinzen brachte.

Sie vermutete, es war ein kleiner Segen, Klodian zu gehören. Es gab Gerüchte, dass andere Dominion-Lords sehr missbrauchend sein konnten, sogar gewalttätig. Während Klodian nie Hand an sie gelegt hatte, war er manipulativ und ungestüm. Das Aufwachsen inmitten der Reichen und Elite schien diese Eigenschaften in Menschen zu züchten.

Vor ihr erblickte Mina eine hohe Mesa, die sich mehrere hundert Fuß über die umgebende Landschaft erhob. Die Spitze war flach, und die Seiten waren steil und gerade, als hätte ein unterirdisches Wesen sie direkt aus dem Boden gedrückt. Die Felsformation zeigte verschiedene, miteinander vermischte Rottöne, aber das war nicht das, was Minas Aufmerksamkeit erregte.

Es war der verschattete Höhleneingang.

Sie lenkte ihre Schritte zum Berg, und die Schuppe in ihrem Bein begann zu brennen. Es war nur leicht unangenehm, aber sobald sie auf wenige hundert Fuß an den Drachen herankamen, würde der Schmerz unerträglich werden. Das passierte jedes Mal, aber das hielt sie nie auf. Es war nicht die Angst vor Klodians Bestrafung, die sie davon abhielt umzukehren. Es war ihr Hass auf Drachen.

Sie waren der Grund für ihr Elend. Oder vielmehr, einer von ihnen war es. Das spielte für Mina keine Rolle. Der einzige gute Drache war ein toter Drache, und so würde sie weiterhin Lord Klodian auf seinen Jagden führen, in der Hoffnung, dass er eines Tages die Bestie töten würde, deren Schuppe ihr Leben zum Albtraum machte.

»Er ist dort«, sagte Mina. »In der Höhle.«

»Bist du sicher?«, fragte Klodian. »Er ist nicht oben und bereitet sich darauf vor, auf uns herabzustoßen?«

Sie wandte sich um, um ihn zu betrachten. Klodian hatte seinen Titel als Dominion-Lord nicht ohne Grund behalten. Er war zwar in die Position hineingeboren worden, aber das garantierte niemandem den Titel auf Lebenszeit. Es gab immer irgendeinen jungen Emporkömmling, der die Macht und den Ruhm für sich selbst wollte, und Klodians schneller Verstand und sein Misstrauen hatten ihn vor vielen Attentatsversuchen bewahrt.

»Ich bin mir sicher, mein Lord. Die Schuppe mag ein Fluch sein, aber sie lügt nie.«

»Des einen Fluch ist des anderen Gottesgeschenk. Du magst deine Fähigkeit vielleicht nicht, Mädchen, aber deine Gabe hat meinen Reichtum vervierfacht.«

Das war noch etwas, das Mina störte. Lord Klodian nannte sie immer 'Mädchen' und nie bei ihrem richtigen Namen. Sie vermutete, dass er auch das aus Bosheit tat.

»Ihr seid zu Eurer Meinung berechtigt, wie ich zu meiner. Und ich sage, es ist ein Fluch.«

Klodian lachte und rutschte von seinem Pferd, wobei er mit einem Klirren landete, als seine Plattenrüstung wackelte. Er zog sein Schwert aus dem Gürtel und begutachtete es kurz, dann steckte er es zurück. Er winkte Vhan zu, und der Knappe stieg ebenfalls ab. Vhan trug einen Speer, aber die Waffe gehörte nicht ihm. Er hatte sich das Privileg, kämpfen zu lernen, noch nicht verdient.

»Wartet hier draußen auf mich«, befahl Klodian und nahm Vhan den Speer ab. »Ich bin bald zurück.«

Mina beobachtete, wie er in der Höhle verschwand. Die Gefolgsleute begannen untereinander zu reden, tauschten Klatsch aus und diskutierten Dinge, die Mina wünschen ließen, ein Drache würde auf sie herabstoßen. Ob er sie oder sie fraß, war egal, solange er sie nur von ihrem Elend erlöste.

Vhan schlich langsam zu Mina herüber, ein Grinsen im Gesicht.

»Frag gar nicht erst«, sagte Mina.

»Ich hab's noch nie gesehen«, erwiderte Vhan. »Und ich möchte es *wirklich* sehen.«

»Warum? Damit du dich auch über mich lustig machen kannst? Nein, danke.«

»Ich würde mich nicht über dich lustig machen. Ich finde es cool, eine Drachenschuppe im Bein zu haben. Ich hätte auch gerne eine. Wie bist du überhaupt dazu gekommen?«

»Ich bin sicher, du hast die Geschichten gehört«, sagte Mina.

»Ich habe Gerüchte gehört, die meist weit von der Wahrheit entfernt sind. Und ich habe die Geschichte nie von dir gehört, also ...«

Vhan schaute sie erwartungsvoll an.

»Ich bin darauf gefallen.«

»Magst du das näher ausführen?«

Mina seufzte schwer, wissend, dass Vhan sie nerven würde, bis sie nachgab.

»Ich spielte in den Hügeln, als ich jung war, und ein Loch öffnete sich unter mir. Ich fiel in ein Drachennest und landete auf einem Haufen Schuppen. Diese hier«, Mina schlug sich auf den Oberschenkel, »drang zufällig in meine Haut ein.«

Vhans Augen wurden groß. »Ernsthaft? Das muss unglaublich gewesen sein. Ich meine, in einem Drachennest zu sein.«

»Das Nest war verlassen. Und es war überhaupt nicht unglaublich. Es hat mein Leben ruiniert.«

»Du lebst doch, oder nicht?«, fragte Vhan.

»Ich existiere, aber ich würde es nicht gerade als Leben bezeichnen, Klodians Sklavin zu sein.«

»Manche mögen ihn nicht, aber ich schon. Er ist immer nett zu mir. Ich habe ein warmes Bett und genug zu essen, also kann ich mich nicht beklagen. Zu Hause gab es nicht viel, deshalb war es das Beste, was mir passieren konnte, Knappe von Lord Klodian zu werden.«

Mina schenkte ihm ein falsches Lächeln in der Hoffnung, dass er den Wink verstehen und aufhören würde zu reden, aber er schwafelte weiter darüber, wie toll es sei, Teil von Klodians Herrschaftsgebiet zu sein. Mina blendete seine Stimme aus und beobachtete den Höhleneingang, während sie sich fragte, wie lange Klodian brauchen würde, um den Drachen zu töten. Ihr Bein brannte immer noch, was bedeutete, dass er noch nicht tot war. Immerhin hatte er sie nicht gezwungen, mit ihm in die Höhle zu gehen.

Nach einer Weile ließ Vhan sie in Ruhe und schlenderte hinüber, um den Gefolgsleuten zuzuhören. Mina rieb ihr Bein und massierte die Haut um die Ränder der Schuppe. Sie fürchtete nicht um Klodians Sicherheit. Wenn er sterben würde, hätte sie die Chance zu fliehen. Es war jedoch unwahrscheinlich, dass er getötet würde. Nicht mit der Macht seiner Runen. Das war ein weiteres Privileg, das die reichen Adligen genossen: Magie.

Runenmagie war vom Hohen Prinzen genehmigt, und es war nur Adligen erlaubt, sie einzusetzen. Alles andere war verboten, aber das hielt die Menschen nicht davon ab, sie im Geheimen zu praktizieren. Obwohl Mina nie illegalen Zauberern begegnet war, wusste sie, dass es sie gab. Man munkelte, dass es an den Rändern der Herrschaftsgebiete Menschen gab, die ihre Dienste offen anderen anboten.

Das Brennen in Minas Bein hörte abrupt auf, und sie lächelte. Ein weiterer Drache war tot. *Gut so*, dachte sie. Einen Moment später trat Lord Klodian aus der Höhle. Er war mit Staub und Blut bedeckt und trug in einer Hand ein abgetrenntes Horn. Vhan eilte zu ihm und umschwirrte ihn, der ewig treue Knappe. Mina fand diese Zurschaustellung nervig und wandte ihren Blick ab, schaute hinauf zu den zerklüfteten Wänden der Mesa.

»Das ist der erste Drache der Saison«, sagte Vhan.

»Der erste von vielen«, erwiderte Klodian. »Mädchen.«

Mina sah ihn an, und er warf ihr das Horn zu. Sie fing es auf und drehte es um, untersuchte es. Es war klein, und sie vermutete, dass der Drache wohl noch jung gewesen sein musste.

»Für deine Sammlung«, sagte Klodian.

»Danke, mein Lord.«

»Reite zurück zum Schloss und hole die Arbeiter«, wies Klodian Vhan an. »Sag ihnen, sie sollen genügend Wagen mitbringen. Die Bestie hortete genug Kostbarkeiten, um eine Armee zu finanzieren.«

»Sofort, Herr.«

Vhan stieg auf sein Pferd und ritt davon. Die Gefolgsleute versammelten sich um Klodian und hörten zu, wie er berichtete, wie er den Drachen getötet hatte. Mina fuhr mit den Fingern über das Horn und spürte die rauen Linien, die seine Oberfläche durchzogen. Jedes Horn war anders, aber sie alle hatten Ähnlichkeiten. Sie blickte zur Höhle und glaubte, leuchtende Augen aus den Schatten zurückstarren zu sehen. Sie blinzelte mehrmals und kniff die Augen zusammen, aber da war nichts.

Es war wahrscheinlich ihre Einbildung. Sie wartete, bis Klodian damit fertig war, mit seiner Beute zu prahlen, und dann machten sie sich auf den Weg zurück zum Schloss. Mina umklammerte das Horn in ihren Händen und hoffte, dass der nächste Drache, der getötet würde, derjenige sein würde, der sie befreien würde.

Wie sehr sie Drachen hasste.

2

Für Caden war es ein anstrengender Tag gewesen.

Er hatte sich einer Reihe von Herausforderungen gestellt, die sowohl seinen Geist als auch seinen Körper auf die Probe stellten, und er hatte seine Grenzen weiter ausgereizt, als er je für möglich gehalten hatte. Kraftakte, taktische Herausforderungen und viele andere Prüfungen, die seine Würdigkeit als Runenmann bestimmen sollten, waren sein einziger Fokus gewesen.

Und er hatte es geschafft.

Caden stand in der Reihe und wartete darauf, dass er an die Reihe kam, markiert zu werden. Einige seiner Kameraden hatten leichte Verletzungen erlitten, und der Mann vor ihm blutete aus einer Schnittwunde am

Hinterkopf. Es schien ihn nicht zu stören, also erwähnte Caden es nicht.

Erschöpft und schmutzig war Caden bereit sich auszuruhen. Die Herausforderungen waren zwar körperlich anstrengend gewesen, aber sein Geist war noch härter geprüft worden. Er hatte versucht, nur an seine Aufgaben zu denken, aber das hatte nicht geholfen. Die ganze Zeit über hatte er an sich selbst gezweifelt und sich Sorgen gemacht, dass er irgendwie versagen würde. Als er die Nachricht erhielt, dass er als Runenmann akzeptiert worden war, war es, als wäre ihm eine schwere Last von den Schultern genommen worden.

Wenn es eine Sache gab, die Caden im Leben wollte, dann war es Ruhm. Und Reichtum. Also zwei Dinge. Die gingen sowieso meist Hand in Hand. Er wollte kein Dominion-Lord werden - und konnte es auch nicht - aber er wollte *alles*, was sie hatten. Und der einfachste Weg, beides zu erlangen, war es, ein Runenmann zu werden.

Da er in der Thophate-Dominion lebte, bedeutete das, dass er gezwungen war, sich Lord Ardit Klodians Armee anzuschließen. Das war an sich nicht unbedingt ein Problem, aber Lord Klodian führte nicht genug Krieg gegen die anderen Dominions, als dass Caden

den Ruhm erlangen konnte, den er wollte. Also hatte er einen Plan ausgeheckt. Einen simplen Plan, der in seinen Augen kaum scheitern konnte.

Er würde sich bei Lord Klodian einschreiben und dann einen Bürgertransfer in eine andere Dominion beantragen. Der Wechsel in eine andere Dominion war nicht ungewöhnlich, und mit der richtigen Überzeugungsarbeit gäbe es keinen Grund für Lord Klodian, ihn abzulehnen.

Der einzige Fehler, den Caden in seinem Plan finden konnte, war, dass er nicht wusste, welche Dominion bei Lord Klodian gerade in der Gunst stand. Sie fielen so häufig in und aus der Gunst wie sich der Wind drehte, was bedeutete, dass Caden die Ohren offen halten musste. Wenn er einen Transfer zu einem von Klodians Feinden beantragen würde, nun ja... das wäre schlecht.

»Treten Sie vor.«

Ein dicklicher Mann mittleren Alters saß hinter einem Holztisch und kritzelte Namen mit einer Federspitze auf ein Pergament. Er tauchte die Feder in ein Tintenfass und blickte zu Caden auf. Der Mann trug eine dünne Brille, die am Rand seiner Nase balancierte und jeden Moment herabzufallen drohte.

»Name?«

»Caden Davtyan«, sagte Caden.

Der Mann wiederholte den Namen leise, während er Cadens Namen aufschrieb und dabei seinen Nachnamen falsch buchstabierte. Caden machte sich nicht die Mühe, ihn zu korrigieren. Niemand hatte je seinen Nachnamen richtig geschrieben, und Cadens Vater hatte ihm vor langer Zeit beigebracht, dass ein Mann seine Kämpfe sorgfältig auswählen muss.

»Besitzen Sie eine Klinge?«

»Noch nicht«, antwortete Caden mit einem Grinsen.

»Gut dann. Gehen Sie zu dem roten Zelt dort drüben, wo die Männer stehen, und warten Sie auf Hauptmann Eduard. Er wird die beste Rune für Sie bestimmen.«

»Danke.«

Caden schlenderte zu dem Zelt, auf das der Verwalter gedeutet hatte, gesellte sich zu der Gruppe wartender Männer und ließ seinen Blick über das Feld schweifen. Sie befanden sich außerhalb der Burg, und verschiedene Hindernisse waren für die Festlichkeiten des Tages aufgebaut worden. Der Einberufungstag kam nur alle paar Monate, und Caden hatte lange auf diesen Moment gewartet. Jetzt, wo die

Runenmänner ausgewählt worden waren, waren Diener dabei, das Feld zu räumen.

Als er seine Aufmerksamkeit den anderen Mitgliedern seiner Gruppe zuwandte, bemerkte Caden einen Menschen mit langen geflochtenen Haaren. Er fand es seltsam, bis sich die Person umdrehte und er erkannte, dass es gar kein Mann war, sondern eine Frau.

»Was glotzt du so?«, fuhr sie ihn an.

»Nichts«, antwortete Caden ruhig. Er wandte seinen Blick jedoch nicht ab, sondern erwiderte ihren Blick.

»Du denkst wohl, ich sollte nicht hier sein, oder? Nun, ich habe genauso viel Recht hier zu sein wie du. Und ich garantiere dir, dass ich dir den Hintern über dieses Feld treten könnte, ohne auch nur ins Schwitzen zu kommen.«

»Beruhige dich, Thais«, sagte einer der anderen. »Spare deine Energie.«

»Halt die Klappe«, knurrte Thais zurück. »Sonst verprügle ich dich auch.«

Sie warf Caden noch einen wütenden Blick zu, bevor sie sich abwandte. Caden schüttelte den Kopf und fand es amüsant, dass eine Frau den Runenmännern beitreten wollte. Er nahm an, dass sie ihre Gründe hatte, genau wie er, und dass er nicht auf sie herabschauen sollte.

Hauptmann Eduard, ein imposanter Mann in Kettenhemd und Lederrüstung, kam zum Zelt und begann damit, den Leuten ihre Runen zuzuweisen. Einige von ihnen gingen zu anderen Zelten, aber Caden und eine Handvoll anderer wurden angewiesen, wo sie waren zu bleiben.

»Jeder von euch hat sich in vielen Bereichen als fähig erwiesen, aber ihr, die ihr hier steht, habt euch in einer Sache besonders hervorgetan. Stärke.«

Hauptmann Eduard sah jeden von ihnen an und hielt seinen Blick einen Moment lang fest, bevor er zur nächsten Person weiterging.

»Ein Runenmann zu sein ist etwas, um das die meisten einen beneiden, aber nicht jeder ist aus demselben Holz geschnitzt. Einige eurer Kameraden werden für Sicht markiert werden, andere für Geschwindigkeit. Auch wenn ihr verschiedene Runen haben werdet, seid ihr alle eine Bruderschaft, die derselben Sache gewidmet ist. Verteidigt das Thophate und beschützt Lord Klodian. Schwört ihr alle eurem neuen Herrn die Treue bis zu eurem Tod?«

»Ich schwöre es«, sagte Caden, seine Stimme vereinte sich mit dem Chor seiner Kameraden.

»Gut. Die Markierung wird schmerzen, aber nur für kurze Zeit. Es brennt mehr als alles andere, zumindest war es bei mir so. Zieht eure Hemden aus und nehmt Platz. Die Schreiber werden ihre Arbeit verrichten, und dann werdet ihr zu den Baracken gebracht.«

Caden zog sein Hemd aus und stopfte es in seinen Gürtel. Alle anderen zogen ihre ebenfalls aus, außer Thais. Sie stand wie angewurzelt da, ihr Gesicht eine Maske der Gelassenheit.

»Gibt es ein Problem?«, fragte Hauptmann Eduard.

Thais räusperte sich. »Muss ich mein Hemd ausziehen?«

»Wenn Sie ein Runenmann werden wollen. Haben Sie es sich anders überlegt?«

»Nein, Sir.«

Caden beobachtete sie aus dem Augenwinkel und fragte sich, ob sie es wirklich durchziehen würde. Nach einem kurzen Moment des Zögerns zog sie ihr Hemd aus. Thais' Kiefer spannte sich an, und Caden wusste, wenn jemand etwas Unangemessenes sagen würde, würde sie nicht zögern, denjenigen auf den Rücken zu legen.

Niemand sagte ein Wort.

Alle nahmen auf einem Holzstuhl Platz. Die Stühle waren anders gestaltet als alles, was Caden je gesehen hatte, wobei sich die Rückenlehne tatsächlich vorne befand. Das Design erlaubte es der sitzenden Person, sich nach vorne zu lehnen, und als Caden dies tat, verstand er den Gedanken hinter der Konstruktion.

Eine Gruppe älterer Männer gesellte sich unter dem Zelt zu ihnen, und jeder trug einen Eimer mit Utensilien. Cadens Schreiber stellte seinen Eimer ab und holte saubere Stoffstreifen, Tintenfässer und eine Art Metallinstrument hervor. Er breitete alles auf dem Tisch aus und reinigte mit einem der Stoffstreifen eine Stelle an Cadens Rücken, direkt unter seinem Nacken.

Keiner der Schreiber sprach während der Arbeit. Caden biss die Zähne zusammen gegen den Schmerz, als scharfe Nadelstiche sein Fleisch entlang der Wirbelsäule durchbohrten. Und es brannte, genau wie Kapitän Eduard es vorhergesagt hatte. Von der Seite beobachtete Caden, wie ein anderer Schreiber an Thais arbeitete. Ihre Augen waren geschlossen, aber sie zuckte hin und wieder zusammen, wenn der alte Mann sie mit seinem Metallinstrument stach.

Er tauchte die Spitze in ein Tintenfass und stach dann in Thais' Haut. Soweit Caden es beurteilen konnte, folgten alle Schreiber demselben Prozess. Während er wusste, dass das Dasein als Runenmann seinem Herrn die Fähigkeit verlieh, sich eine Eigenschaft zu leihen, wusste er nichts darüber, wie die Magie der Runen tatsächlich funktionierte.

Während er dem Schreiber bei der Arbeit zusah, vermutete er, dass die in der Rune enthaltene Magie etwas mit der verwendeten Tinte zu tun hatte. Die Schreiber tätowierten eine Rune in ihre Haut, und da diese Rune sie mit ihrem Herrn verband, erschien es Caden logisch, dass die Tinte auf irgendeine Weise magisch sein musste.

Thais öffnete ihre Augen und blickte ihn finster an. Caden richtete seinen Blick geradeaus und versuchte nicht daran zu denken, wie Thais ihn zu Brei schlagen könnte. Er versuchte auch, nicht an ihre nackte obere Hälfte zu denken, da das zu anderen Problemen führen würde. Sie erinnerte ihn an ein wildes Tier, ungezähmt und gefährlich. Und dennoch fühlte er sich zu ihr hingezogen. Sie war hübsch, das ließ sich nicht leugnen, aber ihre Persönlichkeit stand in einem solchen Gegensatz zu ihrem

Aussehen, dass Caden wusste, er würde nie etwas mit ihr anfangen.

Seine widersprüchlichen Gedanken wurden unterbrochen, als ein scharfer Schmerz seinen Rücken durchzuckte und seine Füße taub wurden. Der Schreiber, der ihn tätowierte, schmierte etwas Dickes und Fettiges auf seine Haut und rieb es gründlich ein. Die Taubheit verschwand, aber sein Rücken brannte immer noch wie Feuer.

»Die Rune ist fertig«, sagte der alte Mann.

Caden setzte sich auf und dehnte seine steifen Muskeln. Er beobachtete, wie der alte Mann alles wieder in seinen Eimer packte und dann ging. Kapitän Eduard kam herüber, um die Rune zu inspizieren, und nickte anerkennend.

»Gut gemacht, Runenmann.«

Caden konnte nicht anders, als dümmlich zu grinsen.

3

Als die roten Steinmauern von Klodian Keep in Sicht kamen, atmete Mina erleichtert auf. Sie hatte das Gefühl gehabt, dass sie jemand beobachtete. Der Gedanke war lächerlich, das wusste sie, aber das Gefühl war intensiv. Lord Klodian und sein Gefolge waren ahnungslos und sprachen immer noch über seine Heldentaten beim Töten des Drachen vom Tafelberg.

Selbst Vhan achtete nicht auf ihre Umgebung. Zugegeben, sie befanden sich innerhalb der Grenzen der Thophate Dominion, aber das bedeutete nicht, dass keine Feinde lauerten, die auf eine Gelegenheit warteten, Lord Klodian zu beseitigen. Mina rieb gedankenverloren an der Schuppe auf ihrem Bein und fragte sich, ob die leuchtenden Augen, die sie gesehen hatte, wirklich nur ihrer Fantasie entsprungen waren.

Es war heiß und sie hatte Durst, also hatte sie vielleicht eine Fata Morgana gesehen. Je mehr sie darüber nachdachte, desto überzeugter war sie, dass es das gewesen sein musste. Als sie sich dem Schloss näherten, konnte Mina sehen, dass der Rekrutierungstag sich dem Ende neigte. Üblicherweise überwachte Klodian die Vorgänge, aber heute war es anders.

Klodian und die anderen ritten in langsamem Tempo, damit Mina mit ihnen Schritt halten konnte. Normalerweise ließ er sie zurück, wohl wissend, dass sie irgendwann zum Schloss zurückfinden würde. Vhan schaute gelegentlich nach ihr, und sie nahm an, dass er nach ihr sah. Vhan schien nett zu sein, aber Mina hatte vor langer Zeit gelernt, niemandem zu vertrauen.

Als sie das Feld erreichten, wo die neuesten Runenkrieger waren, hielt Klodian an und stieg ab. Vhan folgte hastig seinem Beispiel und trottete dem Lord wie ein Welpe hinterher. Mina hielt sich von ihnen fern, musterte aber die Gesichter von Klodians neuesten Soldaten. Sie erkannte niemanden, entdeckte aber eine Frau unter ihnen. Das war ein Novum.

»Lord Klodian«, begrüßte Hauptmann Eduard ihn mit einer Verbeugung.

»Hauptmann.«

»Wie war die Jagd?«

»Sie war gut«, antwortete Klodian und nahm seinen Helm ab. »Ich werde Ihnen später davon berichten. Wie viele neue Runenkrieger haben wir?«

»Sechzig.«

Mina konnte an der Art, wie Eduard es sagte, erkennen, dass er wusste, dass Klodian nicht zufrieden sein würde. Der Dominion-Lord ließ seinen Blick über das Meer neuer Gesichter schweifen und nickte schließlich.

»Warum so wenige?«

»Sie haben hohe Standards, mein Lord. Es ist meine Pflicht, diese Standards durchzusetzen und nur die Besten zu rekrutieren.«

»Was ist mit der Markierung? Irgendwelche Probleme?«

»Drei«, antwortete Hauptmann Eduard. »Drei starben während des Prozesses.«

Mina war überrascht, das zu hören. Es war selten, dass jemand während der Markierung starb, aber nicht unmöglich. Diejenigen, die zu schwach waren, um die magische Rune zu akzeptieren, wurden normalerweise von ihrem Eid entbunden und gingen mit einigen neuen Narben einem anderen Lebensweg nach. Dass drei gestorben waren... nun, die verantwortlichen Schreiber würden als Strafe hingerichtet werden.

Klodian runzelte die Stirn. »Ich verstehe. Wie steht es mit den Zuweisungen?«

»Zehn wurden für Stärke markiert. Fünf für Schnelligkeit und fünf für Sicht. Die übrigen erhielten die gewöhnliche Rune.«

»Ich brauchte mehr Fußsoldaten, also bin ich froh, das zu hören. Hoffentlich sehen wir bei der nächsten Rekrutierung mehr Talent. Weitermachen, Hauptmann. Wir sehen uns heute Abend beim Fest.«

Klodian und Vhan stiegen wieder auf ihre Pferde und kehrten zum Schloss zurück, wobei sie Mina zurückließen. Sie verbeugte sich vor dem Hauptmann, aber er ignorierte sie und ging davon, während er den Dienern, die das Feld räumten, Befehle zurief.

Mina betrachtete die weibliche Runenkriegerin neugierig. Sie hatte noch nie eine Frau als Soldatin gesehen, noch hatte sie je von so einer Geschichte gehört. Die Frau erwiderte ihren Blick mit Feuer in den Augen.

»Hast du ein Problem?«

»Nein«, antwortete Mina.

»Warum starrst du mich dann an?«

»Ich bin nur neugierig. Warum willst du Soldatin werden?«

»Das geht dich einen Dreck an«, spuckte die Frau aus. »Halt dich da raus.«

»Um Hadons willen, Thais. Nicht jeder ist dein Feind.«

Die Frau namens Thais drehte sich zu dem Mann um, der gesprochen hatte, und schlug ihm ins Gesicht, sodass er zu Boden ging.

»Jeder ist dein Feind, bis er das Gegenteil beweist«, knurrte sie. »Und du!« Thais wandte sich wieder Mina zu, ihre rechte Hand zur Faust geballt. Sie machte einige Schritte nach vorn, aber ein anderer Mann stellte sich ihr in den Weg.

»Hör auf damit«, sagte er.

»Geh mir aus dem Weg, wenn du nicht als Nächster eine geschmiert bekommen willst!«

Der Mann verschränkte die Arme und weigerte sich zu weichen. Die beiden starrten einander an, keiner von beiden gab nach. Minas Gesicht wurde rot vor Verlegenheit. Niemand hatte sie je verteidigt, und es fühlte sich seltsam an, dass ein Fremder es tat.

»Bitte«, flehte Mina. »Ich wollte nicht respektlos sein. Kämpft nicht meinetwegen. Ich gehe jetzt.«

»Du gehst nirgendwohin, bis ich dir dein Gesicht eingeschlagen habe!«, schrie Thais.

»Geh und kühl dich irgendwo ab«, sagte der Mann.

»Mir sagt niemand, was ich zu tun habe!«

Thais sprang vor, und die beiden prallten aufeinander. Sie fielen zu Boden und kämpften, schlugen sich und rollten herum. Mina sah entsetzt zu. Thais gewann die Oberhand und fixierte die Arme des Mannes mit ihren Knien. Gerade als sie dem Mann ins Gesicht schlagen wollte, kam Hauptmann Eduard angerannt und rammte sein rechtes Knie gegen Thais' Kopf. Ihr Gesicht verzog sich verwirrt und sie kippte mit einem Stöhnen zur Seite.

»Habt Ihr Euren Eid so schnell vergessen?«, verlangte Hauptmann Eduard zu wissen. »Wir sind eine Bruderschaft mit demselben Ziel. Hier ist niemand Euer Feind. Ihr tätet gut daran, Euch daran zu erinnern.«

Der Hauptmann hielt inne und blickte von Thais zu dem Mann.

»Ich denke, fünf Peitschenhiebe für jeden von euch werden als passende Erinnerung dienen. Meldet euch nach dem Abendessen bei mir. Dann werde ich mich um euch kümmern.«

Hauptmann Eduard stapfte davon und warf Mina einen finsteren Blick zu. Er hätte sie auch bestrafen können, mit Klodians

Zustimmung, aber Mina vermutete, dass er es nicht für der Mühe wert hielt. Mina mochte eine Sklavin sein, aber eine wertvolle.

Thais erhob sich langsam und taumelte davon. Der Mann wartete, bis sie weg war, dann setzte er sich auf und lächelte Mina an.

»Tut mir leid wegen ihr«, sagte er. »Ich habe sie heute erst kennengelernt. Sie hat ein bisschen ein hitziges Temperament.«

Mina war schon vorher überrascht gewesen, aber jetzt erst recht. Nicht nur hatte ein Fremder ihr geholfen, er hatte sogar gegen einen Mitrunenkrieger gekämpft, um es zu tun. Wenn der Tag noch seltsamer wurde, müsste sie annehmen, dass sie träumte.

»Nein, ich sollte mich entschuldigen«, erwiderte Mina. »Ich sollte nicht hier herumstehen.«

»Unsinn.« Der Mann stand auf und wischte sich mit dem Handrücken eine Blutspur von den Lippen. »Ich bin Caden. Wie heißt du?«

»Mina.«

Cadens Augenbrauen hoben sich leicht. »Lord Klodians Glücksfinderin?« Er blickte kurz auf ihre Beine, und Mina wusste, wonach er suchte.

»Genau die«, antwortete sie knapp.

»Entschuldigung, das klang in meinem Kopf weniger unhöflich.«

»Mach dir keine Gedanken. Ich bin es gewohnt.«

Caden war etwa einen ganzen Fuß größer als sie. Er war muskulös und glatt rasiert, mit kurzen braunen Haaren und grünen Augen. Trotz des Schmutzes und Drecks fand Mina ihn ziemlich anziehend. Die Stille dehnte sich aus, bis es unangenehm wurde, und Caden räusperte sich.

»Ich möchte nicht den falschen Eindruck erwecken«, sagte er. »Es tut mir leid, wenn ich dich beleidigt habe. Das war nicht meine Absicht.«

Sein Ton war aufrichtig, aber Mina traute ihm nicht. Er war ein Fremder, und trotz seiner Verteidigungshandlungen würde sie ihre Deckung nicht fallen lassen, egal wie gutaussehend er war.

»Alles vergeben«, sagte sie. »Wie gesagt, ich bin es gewohnt.«

Sie umklammerte ihr Drachenhorn fest und fühlte sich unwohl. Zum Teil lag es an ihrer Anziehung zu Caden, aber sie hatte auch immer noch das Gefühl, als würde sie jemand beobachten. Sie war sich sicher, dass dieses Gefühl nachlassen würde, sobald sie im Schloss wäre.

»Ich sollte gehen.«

»Soll ich dich begleiten?«, fragte Caden. »Falls Thais ihre Lektion noch nicht gelernt hat?«

»Nein«, sagte Mina schnell. »Ich komme schon klar.«

Sie ging schnellen Schrittes über das Feld zum Schloss. Sie konnte spüren, dass ihre Wangen rot waren, weil sie brannten. Abgesehen von ihrem Unbehagen in Cadens Nähe musste sie das Drachenhorn auch in ihr Zimmer bringen, um die nötigen Schritte zu seiner Konservierung einzuleiten. Wenn sie zu lange wartete, würde das Horn in der Wüstenhitze austrocknen und von innen langsam verfaulen, bis es brüchig wurde.

Mina erreichte ihr Zimmer und konnte sich kaum an ihren Weg durch das verwirrende Netzwerk von Gängen erinnern. Klodian hatte das Schloss zwar nicht gebaut, aber er hatte mehrere Änderungen am Inneren vorgenommen, als er das Amt seines Vaters übernahm, und es in ein regelrechtes Labyrinth verwandelt.

Er hatte behauptet, es sei, um das Schloss zu einer noch stärkeren Festung zu machen, aber niemand hatte die Thophate-Herrschaft je zuvor angegriffen. Sie lag an der Grenze zu den Langen Dünen, viel zu weit entfernt für eine feindliche Armee, um dorthin zu marschieren, geschweige denn sie zu erobern. Die Hitze selbst hielt die meisten Menschen davon ab, nach Thophate zu kommen, und nur Kaufleute und Händler mit gut gefüllten Geldbeuteln wagten die Reise.

Nachdem sie das Horn behandelt hatte, reinigte sich Mina und wechselte ihre Kleidung, dann aß sie die kleine Mahlzeit, die man ihr ans Bett gebracht hatte. Während sie ihren abendlichen Aufgaben nachging, musste sie unweigerlich an den Runenmann von früher denken.

»Caden«, flüsterte sie, während sich ein Lächeln auf ihre Lippen stahl.

4

Nachdem die Dunkelheit der Nacht hereingebrochen war und er seine fünf Peitschenhiebe erhalten hatte, lag Caden auf seiner Pritsche in der Kaserne und versuchte, sich nicht viel zu bewegen. Selbst das Atmen ließ Schmerz durch seine Wunden flammen, aber er bereute seine Taten nicht.

Thais hatte Unrecht gehabt, Mina oder irgendjemand anderen zu bedrohen. Sie hatte ernsthafte Wutprobleme, oder vielleicht hatte sie jemand in der Vergangenheit tief verletzt. So oder so war sich Caden nicht sicher, wie er mit ihr umgehen sollte. Er hatte nie erwartet, gegen eine Frau zu kämpfen, aber sie hatte ihn angegriffen. Und sie hätte ihn bewusstlos geschlagen, wäre Hauptmann Eduard nicht dazwischengegangen.

Etwas knarrte, und Caden hob seinen Kopf. Die Kaserne war dunkel, aber er sah einen Schatten, der sich langsam in seine Richtung bewegte.

»Wer ist da?«, flüsterte er.

»Halt den Mund«, flüsterte Thais' Stimme zurück.

Caden legte seinen Kopf zurück und seufzte. Wenn sie hier war, um wieder gegen ihn zu kämpfen, wusste er, dass er gegen sie verlieren würde. Sie war auch ausgepeitscht worden, aber er dachte, sie ging mit dem Schmerz viel eleganter um als er. Er schob es darauf, dass sie eine höhere Schmerzgrenze hatte. Thais erreichte sein Bett und stand über ihm. Ihr Gesicht war von den Schatten verborgen, aber ihre Haltung wirkte nicht bedrohlich.

»Was willst du?«, fragte Caden leise.

»Ich wollte mich dafür entschuldigen, dass ich dich verprügelt habe«, antwortete Thais. »Ich hatte mehr Gegenwehr erwartet.«

»Geh weg.«

Es folgte ein kurzer Moment der Stille.

»Noch nie hat sich mir jemand so entgegengestellt wie du.«

»Das überrascht mich. Du bist ein Tyrann, Thais. Irgendwann stellt sich immer jemand dem Tyrannen entgegen.«

»Ich ...« Sie seufzte. »Wo ich herkomme, sterben schwache Menschen. Ich musste lernen, hart zu sein und niemandem zu vertrauen, weil ich nicht sterben wollte. Du verstehst das vielleicht nicht, aber es ist die Wahrheit.«

Caden starrte ihre schattenhafte Gestalt an und dachte über ihre Worte nach. Vielleicht war sie keine so schreckliche Person, wie er zunächst angenommen hatte.

»Du musst dich nicht bei mir entschuldigen«, sagte er schließlich. »Aber du solltest dich vielleicht bei Mina entschuldigen.«

»Das Mädchen von vorhin?«

»Ja. Das ist Lord Klodians Mädchen. Die, die ihn zu seinen Drachen führt.«

Thais versteifte sich. »Das wusste ich nicht. Glaubst du, sie wird mich bei Lord Klodian verpetzen?«

Caden lächelte. Er glaubte nicht, dass Mina das tun würde, aber ein bisschen Angst in der Luft zu lassen, konnte nicht schaden. »Möglicherweise. Wenn du dich schnell entschuldigst, lässt sie es vielleicht auf sich beruhen.«

»Ich werde morgen als Erstes mit ihr reden.«

»Gute Idee. Kann ich jetzt versuchen, etwas Schlaf zu bekommen?«

Thais kletterte zu ihm auf die Pritsche und legte ihren Kopf auf seine Brust. Caden erstarrte, unsicher, was sie tat. Sie bewegte sich nicht und versuchte auch nicht, ihn zu verführen, und er entspannte sich schließlich, als er merkte, dass sie eingeschlafen war. Er beschloss, dass Thais mehr wie ein wildes Tier war, als er zunächst gedacht hatte, und es schien, als bräuchte sie einen Freund. Und das konnte er für sie sein, wenn sie es brauchte. Zumindest bis er die Dominion wechselte.

Als er am nächsten Morgen aufwachte, war Thais verschwunden. Nach dem fehlenden Licht durch die Fenster zu urteilen, war die Dämmerung noch nicht angebrochen. Caden setzte sich langsam auf und war überrascht festzustellen, dass er überhaupt keine Schmerzen von der gestrigen Bestrafung spürte. Er verließ die Pritsche und ging zum Waschraum, wo er sich kaltes Wasser ins Gesicht spritzte. Ein kleiner Spiegel hing an der Wand, und er zog sein Hemd aus und drehte sich umständlich, um einen Blick auf seinen Rücken zu werfen.

Die Rune war da, ein onyxfarbenes Symbol, das wie eine Säule aussah. Ein Augenpaar saß zwischen den Querbalken des oberen Teils, und zwei Schwerter kreuzten sich in der Mitte. Die Details waren kompliziert, und Caden verstand jetzt, warum die Markierung so lange gedauert hatte. Was ihn jedoch überraschte, war das Fehlen seiner Wunden.

Es gab keine Anzeichen dafür, dass er überhaupt ausgepeitscht worden war, nicht einmal gerötete oder aufgeworfene Haut. Er starrte ungläubig auf seinen Rücken. Wie war das möglich?

»Ziemlich cooler Trick, was?«

Caden wirbelte herum und sah Thais in der Tür stehen. »Welcher Trick?«

»Die Rune hat unsere Wunden geheilt.«

»Wie?«

»Wahrscheinlich Magie. Was würden wir als Runenkrieger taugen, wenn wir nicht schnell heilen könnten? Die Dominion-Lords hätten es schwer, ihre Ränge voll zu halten, besonders in den Dominions, die ständig miteinander Krieg führen.«

Caden warf einen letzten Blick auf seinen Rücken und zog sein Hemd wieder an.

»Du scheinst heute besser gelaunt zu sein«, sagte er und drehte sich zu Thais um.

»Ich habe etwas geschlafen«, antwortete sie achselzuckend. »Ich bin nicht immer eine wütende Z-«

Ein Horn ertönte außerhalb der Kaserne und schnitt ihr das Wort ab. In den Hauptquartieren brach Chaos aus, als die Leute aus den Betten sprangen, sich hastig anzogen und in den Hof eilten. Caden und Thais folgten ihren Kameraden eilig.

Hauptmann Eduard stand mit hinter dem Rücken verschränkten Armen da. Statt seiner Kettenrüstung und Lederrüstung trug er eine schwarze Hose und ein braunes Hemd. Ein olivfarbener Umhang hing über seinen Schultern, am Hals zusammengebunden. An seiner Hüfte war ein Schwert mit schwarzem Griff gegürtet, und der Knauf war ein großer klarer Stein. Nachdem sich alle aufgestellt hatten, räusperte sich Hauptmann Eduard.

»Was ist der Zweck eines Runenkriegers?«, fragte er.

»Die Dominion und ihren Lord zu beschützen«, rief jemand.

»Richtig, zumindest oberflächlich betrachtet. Wenn man etwas tiefer gräbt, was findet man dann?«

Stille folgte seiner Frage, und er ließ seinen Blick über die Reihe schweifen.

»Ich würde nicht erwarten, dass es einer von euch schon weiß, aber ich hoffe immer auf eine Überraschung. Wir sind eine Bruderschaft wie keine andere. Sind wir

Soldaten? Ja, aber wir sind mehr als das. Uns wurde eine Gabe gegeben, die viele nie erhalten werden. Diese Rune auf eurem Körper zu tragen, ist nicht nur ein Zeichen dafür, wem ihr dient. Es ist eine Ehre, die ihr hochhaltet.

»Wisst ihr, warum Lord Klodian mich zum Hauptmann seiner Runenkrieger gemacht hat? Nicht nur, weil ich mich unzählige Male vor ihm bewiesen habe. Es ist, weil ich weiß, was es bedeutet, ein Krieger zu sein. Und ich werde euch beibringen, Krieger zu sein.«

Thais hob ihre Hand.

»Ja?«, fragte Hauptmann Eduard.

»Wir sind doch schon Krieger, oder? Wir sind hier, um zu töten, und ich bin sicher, jeder von uns kann das.«

»Es gehört mehr dazu, ein Krieger zu sein, als jemanden zu töten. Krieg ohne Zweck ist Brutalität. Wir sind keine Tyrannen. Wenn Sie deswegen hier sind, können Sie gleich gehen. Hören Sie alle gut zu. Ihre erste Lektion ist diese: Mut ist vor allem anderen die wichtigste Eigenschaft eines Kriegers. Es braucht Mut, das Richtige zu tun, besonders angesichts von Widrigkeiten.

»Ab morgen werden Sie vor Sonnenaufgang aufstehen und zehn Runden um die Burg laufen. Das Horn, das Sie heute

Morgen geweckt hat, wird jeden Morgen zur gleichen Zeit ertönen. Ich rate Ihnen, es nicht zu ignorieren, es sei denn, Sie mögen Bestrafungen. Nachdem Sie Ihren Morgenlauf beendet haben, können Sie zum Frühstück in die Burg gehen. Sie werden essen und dann hierher zum Training zurückkehren. Gibt es noch Fragen?«

Caden blickte die Reihe entlang, aber niemand sagte etwas.

»Gut. Fangt an zu laufen. Zehn Runden, komplett herum. Wer nicht fertig wird, bekommt nichts zu essen.«

Caden verlor keine Zeit. Er löste sich aus der Reihe und lief los, in zügigem Tempo. Er achtete darauf, sich nicht zu sehr zu verausgaben, aus Angst, dass er wieder ausgepeitscht würde, falls er gezwungen wäre zu gehen. Ein paar Leute sprinteten an ihm vorbei, aber er ignorierte sie und konzentrierte sich darauf, einen gleichmäßigen Schritt beizubehalten. Irgendwann gesellte sich Thais zu ihm und passte sich seinem Tempo an.

Er war sich nicht sicher, aber er vermutete, dass sie ihn mochte.

5

Als Kind hatten Minas Eltern ihr nie das Lesen beigebracht. Rückblickend vermutete sie, dass es daran lag, dass sie es selbst nicht konnten. Sie waren schließlich Bauern und hatten für solche Privilegien keine Verwendung.

Sie starrte auf die Buchrücken, während sie die Regale abstaubte, in denen sie ruhten, und fragte sich, was die Buchstaben wohl bedeuteten. Die Farben der Bücher variierten von Schwarz über Marineblau bis Grün, und sie waren alle in tadellosem Zustand. Dies war Lord Klodians privates Arbeitszimmer, und er verlangte nur das Beste.

Mina hielt in ihrer Arbeit inne, als sie ein Buch mit goldener Beschriftung entdeckte. Sie sah sich um, vergewisserte sich, dass sie allein war, und zog das Buch heraus. Es hatte einiges Gewicht, und sie schlug es auf und blätterte gedankenverloren durch die Seiten. Fließende Schrift füllte jeden Zentimeter des Pergaments. Mina war enttäuscht, als sie feststellte, dass es keine Bilder gab.

Das Geräusch sich nähernder Schritte erschreckte sie, und sie stellte das Buch schnell zurück und staubte weiter ab.

»Wo ist dieses verflixte Mädchen?« Es war Lord Klodian. »Mädchen!«

Mina eilte zur offenen Tür und erreichte sie genau in dem Moment, als Klodian in Sicht kam.

»Ich bin hier, mein Lord.«

»Wo warst du? Ich habe das ganze Schloss nach dir abgesucht.«

»Ich erledigte meine Pflichten, wie Sie es befohlen haben.«

»Egal jetzt. Du kommst mit mir.«

»Jetzt, mein Lord?«, fragte Mina.

»Ja, jetzt. Bleib nicht zurück, Mädchen. Wir haben nicht viel Zeit.«

Klodian drehte sich um und eilte den Gang hinunter. Mina folgte ihm, ihre Augen weit vor Schrecken. Sie hatte ihn noch nie so in Eile gesehen. Während sie versuchte, mit ihm Schritt zu halten, sah sie sich nach einem Platz um, wo sie ihren Staubwedel lassen konnte. Eine Dienerin trat aus einem der

Zimmer und hielt inne, den Kopf neigend, als Klodian an ihr vorbeiging.

»Hier«, Mina reichte ihr den Staubwedel und lächelte über die Verwirrung des Mädchens.

Klodian eilte mit sicheren Schritten durch die Gänge, ohne auch nur einmal zu zögern wie Mina es gewöhnlich tat. Er hatte das Labyrinth der Gänge selbst entworfen, also überraschte es sie nicht, dass er genau wusste, wohin er ging. Sie verließen das Schloss und wurden im Innenhof sofort von Hauptmann Eduard begrüßt.

»Sind die Runenkrieger bereit?«, fragte Klodian.

»Ja«, Eduard zögerte. »Sie haben mir nicht viel Zeit zur Vorbereitung gegeben, also muss ich einige der Rekruten einsetzen. Die meisten erfahrenen Männer sind auf Patrouille an der Grenze. Wir sind bereit, Ihrer Führung zu folgen.«

»Sehr gut. Ich werde das nicht dulden, egal was getan werden muss.«

Mina verstand nicht, wovon er sprach, aber sie wusste, dass es wichtig sein musste, wenn er Runenkrieger mitnahm. Hauptmann Eduard verbeugte sich und ging in Richtung der Baracken. Klodian ging weiter und Mina entdeckte eine Kutsche. Die Pferde scharrten unruhig mit den Hufen, als spürten sie Klodians Dringlichkeit.

»Steig ein«, befahl Klodian.

Mina sah ihn überrascht an, aber er beachtete sie nicht. Er ging zur Vorderseite der Kutsche und sprach mit dem Kutscher. Um die Gelegenheit nicht zu verpassen, stieg Mina in die Kutsche und setzte sich, staunend über das Innere.

Die Bänke waren mit plüschigen Kissen bedeckt, und die Wände und die Decke waren aufwendig mit Samt verziert. Mina fuhr mit den Fingerspitzen über das weiche Material. Abgesehen davon, dass alles in einer hässlichen goldenen Farbe gehalten war, fand sie das ganze Erlebnis ziemlich erstaunlich.

Lord Klodian stieg in die Kutsche, schloss die Tür und setzte sich Mina gegenüber. Sie faltete die Hände in ihrem Schoß und senkte den Blick, die Augen auf Klodians Schuhe gerichtet. Als sich die Kutsche nicht bewegte, warf Mina einen verstohlenen Blick auf Klodian. Er starrte aus dem Fenster und schien auf etwas zu warten.

Wenige Augenblicke später erschien Hauptmann Eduards Gesicht am Fenster, und er klopfte zweimal an die Kutschentür. Die Kutsche ruckelte, als sie sich in Bewegung setzte, und Mina lehnte sich zurück, während sie versuchte herauszufinden, wohin sie wohl fuhren.

»Ich nehme an, du bist neugierig?«, fragte Klodian.

»Sehr, mein Lord.«

»Wir gehen auf die Jagd, aber es ist nicht wie die üblichen Ausflüge. Diesmal suche ich nicht nach Gold und Vergnügen, sondern nach Blut. Ein Drache hat Slia angegriffen.«

Minas Gesicht verzog sich ungläubig. Ein Drache hatte eine menschliche Siedlung angegriffen?

»Ist das normal?«, fragte sie.

Klodian schnaubte. »Nein, Mädchen. Ich vermute, es könnte ein junger sein, der sich zu weit von zu Hause entfernt hat.«

»Drachen sind wilde Tiere. Sie sind doch nicht fähig zu Dingen wie Vergeltung, oder?« Mina glaubte das nicht, aber sie erinnerte sich an die glühenden Augen, die sie am Höhleneingang angestarrt hatten, und war sich nicht mehr so sicher.

»Natürlich nicht«, erwiderte Klodian. »Aber sie sind territorial, wie jedes andere Tier auch. Wahrscheinlich hat er sein Nest verlassen und sich so weit entfernt, dass er die Witterung seiner Artgenossen verloren hat. Bedauerlich, dass er nicht lange genug leben wird, um aus seinem Fehler zu lernen.«

Das ergab für Mina Sinn. Sie fragte sich, wie viel Schaden das Geschöpf in Slia angerichtet hatte. Sie war noch nie dort gewesen, kannte aber den Namen. Es war eine kleinere Stadt innerhalb der Thophate-Herrschaft und die nächstgelegene Gemeinde zur Klodian-Festung.

Als die Zeit verstrich, begann Mina einzunicken und schreckte gelegentlich hoch. Aus Angst, Klodian könnte sie anschreien, versuchte sie, sich die Augen zu reiben und ihre Nägel in ihre Handflächen zu graben, aber es half wenig, sie wach zu halten. Als die Kutsche endlich anhielt, hatte sie keine Ahnung, wie viel Zeit vergangen war.

Klodian stand auf und stieg aus der Kutsche. Mina blinzelte mehrmals und folgte ihm. Jetzt, da sie sich bewegte, fühlte sie sich nicht mehr so müde. Das Knirschen von Erde kündigte die Ankunft der Runenkrieger an. Mina schirmte ihre Augen mit der rechten Hand ab und sah Hauptmann Eduard, der die kleine Gruppe von Soldaten zu Pferd anführte. Sie entdeckte auch zwei andere bekannte Gesichter. Caden und Thais.

Thais.

Mina funkelte sie kurz an, bevor sie sich abwandte. Thais war unhöflich. Und gewalttätig. Mina wollte nichts mit der Frau zu tun haben. Sie ging hinüber, um neben Klodian zu stehen, so in ihre Gedanken vertieft, dass sie den Geruch von Rauch in der Luft nicht bemerkte. Sie hielt ihren Blick auf den Boden gerichtet, bis einige graue Ascheflocken zu ihren Füßen landeten. Mina wurde klar, dass etwas nicht stimmte, und hob den Kopf. Sie keuchte.

Slia war zerstört worden.

Zumindest erschien es Mina so. Als Klodian voranschritt, bedeutete er ihr, ihm zu folgen. Sie gehorchte und bestaunte mit großen Augen die Zerstörung um sie herum. Gebäude waren nichts weiter als Trümmerhaufen, Rauch stieg in trägen Schwaden zum Himmel auf, und ein furchtbarer Geruch wurde nur schwach vom Rauch überdeckt. Später würde Mina erfahren, dass es der Geruch von verbranntem Fleisch war.

»Das ist ein weiterer Grund, warum ich diese Kreaturen jage«, sagte Klodian. »Drachen sind gefährlich. Wenn ihre Anzahl wächst, werden ihre Nahrungsquellen knapp. Sie beginnen nach Alternativen zu suchen, und das führt sie meist in unsere Städte.«

»Ich dachte, Sie sagten, es wäre ein junger Drache? Wenn ein kleiner Drache so etwas anrichten kann ...«, Mina verstummte.

»Das war meine Vermutung, bevor wir hier ankamen, aber dies ist nicht das Werk eines einzelnen Drachen. Spüren Sie etwas?«

»Nein, nichts.«

»Ich bezweifle, dass die Drachen weit weg sind. Lassen Sie es mich wissen, sobald Sie auch nur die kleinste Ahnung von etwas spüren.«

»Ja, mein Lord.«

Mina zuckte zusammen und wandte ihren Blick ab, als sie an einer Leiche vorbeikamen. Sie war schlimm verbrannt, und die untere Hälfte fehlte völlig. Sie spürte, wie sich Galle in ihrem Hals sammelte, aber sie schluckte ihren Speichel hinunter und zwang sie zurück. Klodian hielt nicht an. Er ging weiter durch die zerstörte Stadt, und Mina wurde langsam klar, dass er nach etwas suchte.

Sie bogen links in eine andere Straße ein und Klodian hielt inne. Er schien unsicher, was untypisch für ihn war. Mina wurde plötzlich misstrauisch. Was, wenn die Drachen noch hier waren und sie sie nicht spüren konnte? Sie würden alle getötet werden, und es wäre ihre Schuld.

Andererseits, wenn sie sterben würde, wäre sie endlich frei, sowohl von Klodians Leine als auch von ihrem Fluch. Solch dunkle Gedanken hatten sie früher beunruhigt, aber jetzt ... jetzt taten sie es nicht mehr. Sie wusste nicht, ob das gut war.

»Ihre Fähigkeit, die Nähe von Drachen zu spüren, ist unschätzbar wertvoll, und nicht nur für mich. Wenn die anderen Dominion-Lords von Ihrem sechsten Sinn wüssten, würden sie versuchen, Sie mir wegzunehmen.«

Mina runzelte die Stirn. Warum erzählte er ihr das? Klodian brummte vor sich hin und ging weiter. Mina rieb ihr Bein und drückte gegen die Schuppe unter ihrer Hose. Sie spürte keine Präsenz von Drachen.

Klodian hielt nach wenigen Schritten erneut an. Er schob mit dem Fuß einige Trümmer beiseite und drehte sich um, um an Mina vorbei zu schauen. Sie blickte über ihre Schulter und sah Hauptmann Eduard und die Runenmeister näherkommen.

»Dies war das Haus des Dominaten«, sagte Klodian. »Ich kann seinen Körper sehen.«

»Sollen wir nach Überlebenden suchen?«, fragte Eduard.

»Ja, aber beeilen Sie sich. Und halten Sie die Augen offen. Ich habe das Gefühl, dass die Drachen, die das getan haben, noch in der Gegend sind.«

Eduard teilte die Runenmeister in Zweiergruppen ein und schickte sie in verschiedene Richtungen. Mina beobachtete, wie sie sich zerstreuten, während sie nervös ihre Hände rang. Sie wollte Klodian helfen, die verantwortlichen Drachen zu finden, aber die Schuppe gab ihr nichts. Er würde wahrscheinlich wütend auf sie sein, wenn sie sie nicht aufspüren könnte, aber was konnte sie tun?

Mina.

Sie wirbelte herum, als sie ihren Namen hörte, aber niemand war da. Ihre Augen weiteten sich. Lord Klodian war verschwunden.

6

Also hatte Klodian Mina tatsächlich mitgebracht. Caden hatte es vermutet, besonders wenn die Gerüchte über einen Drachenangriff stimmten. Nach dem Ausmaß der Zerstörung zu urteilen, war mehr Wahrheit in diesen Gerüchten, als ihm lieb war. Schließlich hatte er sich nicht als Soldat verpflichtet, um gegen Drachen zu kämpfen.

»Thais und Caden, ihr zwei nehmt die nordöstliche Seite der Stadt. Ruft, wenn ihr etwas findet.«

Caden hörte Hauptmann Eduards Befehl kaum. Er starrte Mina an. Ihr blondes Haar schimmerte im Sonnenlicht, und sie rieb sich das Bein. Spürte sie die Drachen in der Nähe? Gegen einen Menschen zu kämpfen war eine Sache, aber ein Drache ... er schluckte schwer und versuchte, seinen Mut zusammenzunehmen.

»Komm schon«, sagte Thais und zog an seinem Arm.

Sie gingen zurück zur Hauptstraße und bogen links ab, Richtung Osten. Caden begutachtete die Schäden während sie liefen. Fast alle Gebäude waren zerstört worden. Die Toten säumten die Straßen, und der Geruch von Rauch war erstickend. Die Hitze war ohnehin schon schlimm, aber mit den noch brennenden Feuern war es noch viel schlimmer. Ab und zu kam eine leichte Brise auf, die ihm die Möglichkeit gab, frische Luft zu atmen.

»Ich weiß ja, dass Drachen mächtig sind, aber ist das wirklich das Werk eines Drachen?«, fragte Thais. »Ich meine, es ist nichts mehr übrig.«

»Lord Klodian denkt, es waren mehrere, und da muss ich ihm zustimmen. Wie sonst könnte eine ganze Stadt in so kurzer Zeit zerstört werden? Es müssen mehrere Drachen gewesen sein.«

»Da hast du wohl recht. Ich hoffe nur, diese Bestien sind nicht mehr in der Nähe.«

Das hoffte Caden auch, aber er sagte es nicht. Sie erreichten eine Weggabelung. Die Hauptstraße führte geradeaus weiter, und eine Seitenstraße verlief nach Norden.

»Wir sollten uns aufteilen«, sagte Thais. »So können wir mehr Gebiet abdecken. Außerdem mag ich das Gefühl nicht, das ich von diesem Ort bekomme.«

»Ich weiß nicht, ob das eine gute Idee ist. Hauptmann Eduard hat uns aus gutem Grund in Gruppen eingeteilt. Was, wenn dir etwas zustößt?«

Thais grinste ihn an. »Deine Sorge rührt mich wirklich, aber ich bin ein großes Mädchen. Ich kann auf mich selbst aufpassen.«

»Das meinte ich nicht«, schnaubte Caden.

»Natürlich nicht. Ich nehme die Seitenstraße. Du gehst weiter geradeaus. Falls die Straßen nicht irgendwo zusammenlaufen, treffen wir uns hier wieder.«

Caden schaute unsicher den Weg zurück, den sie gekommen waren. »Na gut«, murmelte er.

»Bis gleich.«

Thais ging los, und Caden sah ihr nach. Er versuchte, nicht zu starren, aber es fiel ihm schwer. Sie war zweifellos schön, aber etwas an Mina fesselte mehr als nur seine Augen. Er kannte das Mädchen kaum, das stimmte, aber seine Anziehung war mehr als nur körperlich. Er konnte es sich einfach nicht erklären.

»Konzentrier dich«, schalt er sich selbst.

Er ging weiter die Hauptstraße entlang und lauschte auf alles außer dem gelegentlichen Pfeifen des Windes durch die Trümmer. Es musste Überlebende geben, selbst wenn es nur wenige waren. Caden hielt hier und da an, um durch die Trümmer zu graben, aber alles, was er fand, war Tod. Überall lagen Leichen, verbrannt und verstümmelt. Der Gestank stach ihm in die Nase, und er übergab sich. Er war schon in Kämpfen gewesen und hatte sogar getötet, aber das hier war etwas völlig anderes.

Caden spuckte mehrmals aus, um seinen Mund zu säubern, dann wischte er sich mit dem Handrücken über die Lippen. Seine Kehle brannte, aber er hatte seine Wasserflasche am Sattel seines Pferdes gelassen. Es war nicht das erste Mal, dass er Wasser brauchte und keines hatte, und es würde nicht das letzte Mal sein. Er ging weiter und versuchte, nicht durch die Nase zu atmen.

Die Straße endete und verzweigte sich nach links und rechts. Stein und Holz von einem eingestürzten Gebäude blockierten den Weg nach rechts, also ging er links. Nach der

Richtung zu urteilen, vermutete Caden, dass er auf dieser Route wieder auf Thais treffen würde. Ein Kratzgeräusch erregte seine Aufmerksamkeit, und er kletterte über einige Trümmer auf der linken Straßenseite.

Er hob einen großen Holzbalken an und schob ihn beiseite, um den Weg in ein Gebäude freizumachen. Er steckte den Kopf hinein und schaute sich um, aber es schien niemand drin zu sein. Das Geräusch ging weiter, und schließlich entdeckte er eine Ratte. Sie war von Trümmern eingeklemmt, ihre Krallen kratzten, während sie versuchte, sich zu befreien. Caden wollte sich gerade die Mühe machen, das kleine Ding zu retten, als er ihre Verletzungen sah.

»Armer Kerl«, murmelte Caden.

Die Ratte würde bald ihren Verletzungen erliegen, also tat er das Einzige, was er tun konnte. Er erlöste die Ratte von ihrem Leid, indem er auf die Trümmer drückte. Sie quiekte einmal und war tot. Caden wischte sich den Schweiß von der Stirn und kletterte auf die Spitze der Trümmer, um nach Thais Ausschau zu halten. Er konnte einige der anderen Runenkrieger in der Ferne sehen, aber von seiner unberechenbaren Partnerin war keine Spur.

Ein Kribbeln begann in seinem Nacken und breitete sich schnell über seine Schultern und seinen Rücken aus. Caden schaute zum Himmel, aus Angst, es könnte etwas mit einem Drachen zu tun haben. Er sah nichts außer der blendenden Sonne. Plötzlich fühlte er sich schwach, und seine Knie gaben nach. Er fiel mit dem Gesicht voran zwischen die Trümmer.

»Götter, was passiert mit mir?«

Seine Muskeln fühlten sich wie Pudding an und verweigerten jeden Dienst. Nach einigen Momenten der Panik traf ihn die Erkenntnis, dass Lord Klodian die Runenmagie aktiviert hatte. Würde es sich immer so anfühlen? Er hoffte nicht. Es machte ihn nutzlos. Wie sollte er seine Pflicht erfüllen und das Dominion und seinen Lord beschützen, wenn er im Moment, wo seine Kraft geborgt wurde, wie ein Kartoffelsack umfiel?

Während er bewegungsunfähig dalag, schweifte sein Blick über den Trümmerhügel unter ihm. Zwischen den Steinen und dem Holz entdeckte er etwas Leuchtendes. Es war klein, aber es glühte rot, als wäre es überhitzt worden. Caden behielt es im Auge, aus Angst, er würde es aus den Augen verlieren, wenn es abkühlte. Seine Schwäche dauerte nur wenige Minuten an, dann strömte seine Kraft zurück.

Hastig begann er, die Trümmer wegzuräumen, um an den glühenden Gegenstand heranzukommen. Er war unter zwei Fuß Schutt begraben, aber er schaffte es, genug wegzuräumen, um seinen Arm durch den Rest hindurchzustecken und ihn zu erreichen. Seine Finger schwebten darüber, und trotz des Glühens spürte er keine Hitze, die davon ausging.

Die Zähne zusammenbeißend, griff Caden danach. Er erwartete, sich zu verbrennen, aber es war kühl. Er zog seinen Arm heraus und untersuchte das seltsame Schmuckstück. Es hatte einiges Gewicht, und er vermutete, dass es aus Metall war. Das Glühen verblasste und enthüllte ein einzigartiges Muster aus feinen Linien, die in die Oberfläche eingraviert waren.

Caden hatte keine Ahnung, was es war, aber es sah interessant aus. Er steckte es ein und machte sich auf den Weg zurück die Trümmerhalde hinunter zur Straße. Von Thais war noch immer nichts zu sehen, und er fragte sich, ob sie umgekehrt war. Er beschloss, ihr noch ein paar Minuten zu geben, bevor er sich auf die Suche machen würde.

Während er wartete, suchte er weiter nach Überlebenden. Er fand keine, aber er entdeckte eine verkohlte Leiche und war versehentlich mit seiner Hand hindurchgefahren, als er einen großen Stein anhob. Er spürte, wie sich seine Kehle zusammenzog und würgte, aber es gab nichts zum Erbrechen. Er war verschwitzt und erhitzt, und seine Geduld war längst aufgebraucht.

»Thais!«, rief er. »Wo bist du?«

Keine Antwort. Caden knurrte frustriert und stapfte die Straße entlang, während er leise vor sich hin fluchte. Wenn sie tatsächlich umgekehrt wäre ...

Ein Schrei ließ ihn mitten in der Bewegung erstarren. Seinem Gefühl nach kam er von Westen, und es war der Schrei einer Frau. Er sprintete in Richtung des Geräusches.

7

Mina schrie auf.

Sie hatte es nicht beabsichtigt, aber als Thais unerwartet um die Ecke kam, hatte es sie erschreckt. Was machte sie hier? Sie sollte doch nach Überlebenden suchen. Mina beäugte sie misstrauisch.

»Komm nicht näher«, warnte sie.

Thais blieb stehen, wo sie war, mit einem entwaffnenden Lächeln im Gesicht. »Du heißt Mina, richtig?«

Mina trat einen Schritt zurück, ihr Herz raste in ihrer Brust. Thais hatte gestern gedroht, sie zu verprügeln, und niemand war in der Nähe, der sie davon abhalten könnte.

»Bitte lauf nicht weg«, sagte Thais. »Ich werde dir nichts tun.«

»Warum sollte ich dir glauben?«

»Es ist offensichtlich, dass du es nicht tust. Ich verstehe das. Wo ich herkomme, kann

Vertrauen in andere dich das Leben kosten. Also werde ich nicht versuchen, dich zu überreden, mir zu vertrauen. Das solltest du auch nicht. Aber hör mir wenigstens zu.«

Mina blickte über ihre Schulter und merkte sich den Weg, den sie im Notfall zur Flucht nehmen würde. Sie schaute wieder zu Thais und versuchte, ihre Nerven zu beruhigen.

»Was willst du sagen?«

»Ich möchte mich entschuldigen. Ich weiß, ich kann manchmal etwas ...« Thais wedelte mit der Hand, als suche sie nach dem richtigen Wort.

»Unhöflich?« schlug Mina vor.

»Ich wollte forsch sagen, aber das trifft es auch.«

Mina starrte Thais eindringlich an. Die Frau war wunderschön. Ihr langes schwarzes Haar war in mehrere Zöpfe geflochten, die ihr über die Schultern fielen. Sie war nicht viel größer als Mina, aber durch ihre sehnige Gestalt etwas kräftiger gebaut. Ihre Augen waren stechend blau und trugen ein scheinbar unlöschbares Feuer in sich. Der gebräunte Ton ihrer Haut verriet ihre seefahrende Abstammung, die von Kriegstreiberei und Rücksichtslosigkeit geprägt war, bevor der Hohe Prinz sie seinem Willen unterworfen hatte.

»Warum solltest du dich bei mir entschuldigen? Ich bin niemand.«

»Du bist Lord Klodians Drachenfinderin. Das ist wohl kaum die Position eines Niemands.«

Thais wusste nichts über sie oder darüber, wie Klodian sie behandelte. Niemand wusste das, nicht wirklich. Vielleicht sahen andere sie nicht als Sklavin, aber Mina war nicht dumm. Sie wusste, welche Rolle sie im Leben spielte, ob es ihr gefiel oder nicht.

»Während du durch einen freiwilligen Eid gebunden bist, bin ich gegen meinen Willen gebunden«, erwiderte Mina. »Ich bin nichts weiter als eine gekaufte Ware.«

Thais schüttelte den Kopf. »Du bist mehr als das. Glaub nicht, dass dein Wert an deiner Position im Leben hängt. Wir alle haben Wert in den Augen Hermóðrs.«

Mina war überrascht, dass Thais sich entschuldigt hatte, aber noch mehr, dass sie nett zu ihr war. Sie war versucht, ihre Deckung fallen zu lassen, aber sie wusste es besser. Thais hielt sie zum Narren. Das war in Ordnung. Mina würde vorerst mitspielen.

»Wenn ich dir vergebe, hörst du dann auf, mit mir zu reden?«

»Wenn das dein Wunsch ist, ja.«

»Ich vergebe dir«, sagte Mina.

»Gut. Dann stehen wir jetzt auf gleicher Ebene.«

Bevor Mina Thais wegschicken konnte, kam Caden angesprungen. Er rutschte zum Stehen und blickte verwirrt von Thais zu Mina.

»Was ist hier los?« verlangte er zu wissen. »Ich habe einen Schrei gehört.«

»Das war sie«, sagte Thais und deutete auf Mina. »Ich habe sie erschreckt.«

»Das stimmt«, erwiderte Mina. »Ich habe nach Lord Klodian gesucht und sie nicht gesehen.«

»Lord Klodian wird vermisst?« fragte Caden.

»Ich kann ihn nicht finden, aber das heißt nicht, dass er verloren ist. Ich vermute, er sucht nach den Drachen.«

»Sie sind noch hier?« Cadens Gesicht wurde leicht blass.

»Ich glaube nicht«, antwortete Mina. »Ich spüre keine in der Nähe, aber Lord Klodian kann manchmal ... stur sein. Wie gesagt, ich vermute nur, dass er das tut.«

»Er hat vor wenigen Augenblicken die Stärkerune benutzt«, sagte Thais und blickte zu Caden. Er nickte.

»Vielleicht hat er etwas Schweres gehoben«, schlug Mina vor.

»Oder vielleicht funktioniert deine kleine Fähigkeit nicht«, gab Thais zurück. »Wie funktioniert sie überhaupt?«

Mina spürte, wie ihr Gesicht rot wurde. Sie mochte keine Aufmerksamkeit. Zum Glück lenkte Caden das Gespräch in eine andere Richtung.

»Dafür haben wir keine Zeit. Wir müssen sichergehen, dass es ihm gut geht. Das ist unsere Pflicht. Wo hast du ihn zuletzt gesehen?«

»Dort drüben«, antwortete Mina und zeigte auf die Stelle, wo er gewesen war. »Er war einen Moment da und im nächsten verschwunden.«

»Hast du nichts gesehen oder gehört?«

Mina schüttelte den Kopf. Sie glaubte nicht, dass die Stimme, die sie gehört hatte, real gewesen war, und sie wollte sicherlich niemandem davon erzählen, selbst wenn sie es war.

Caden runzelte die Stirn und ging zu der Stelle, auf die Mina gezeigt hatte. Er kniete sich hin und siebte mit seinen Fingern durch den Staub, während er wie eine Art Krabbe am Boden entlang humpelte. Mina schielte zu Thais hinüber, um zu sehen, ob sie sein

Verhalten genauso seltsam fand. Die Frau beobachtete Caden mit einem amüsierten Lächeln, aber in ihrem Blick lag noch etwas anderes, das Mina verriet, dass sie ihn mochte.

Ein Anflug von Eifersucht durchzuckte Mina. Sie war sich nicht sicher, warum sie so fühlte. Sie mochte ihn nicht, nicht auf *diese* Art. Zumindest glaubte sie das nicht. Er war nett zu ihr gewesen, als er sie verteidigte, aber das bedeutete nichts ... oder doch?

»Ich habe seine Spuren gefunden«, sagte Caden. »Er ist in diese Richtung gegangen.«

Caden verließ die Straße, kletterte über Trümmer und verschwand hinter einem zerbröckelnden Gebäude. Thais eilte ihm nach und ließ Mina zurück, die sich fragte, ob sie ihnen folgen sollte. Sie entschied, dass sie nicht allein sein wollte, und rannte hinterher, wobei sie sich fast den Knöchel verstauchte, als sie versuchte, ihr Gleichgewicht über den Trümmern zu halten.

Als sie um die Ecke des zerstörten Gebäudes kam, überkam sie ein seltsames Gefühl. Sie hielt inne und berührte die Schuppe an ihrem Bein. Die Empfindung war anders als das, was sie normalerweise spürte, wenn ein Drache in der Nähe war, aber sie kam definitiv von der Schuppe.

Caden suchte weiter vorne, aber Thais hatte einen anderen Weg eingeschlagen. Mina beobachtete sie, während sie versuchte, sich zu orientieren, doch eine Welle der Übelkeit ließ sie zusammenkrümmen. Sie umklammerte ihren Magen und biss die Zähne zusammen, während sie sich auf dem Boden zusammenrollte. Ihr Mund öffnete sich, aber außer einem keuchenden Atemzug kam nichts heraus.

»Hilfe«, brachte sie heraus, aber es war kaum mehr als ein Flüstern.

Die Luft vor ihr schien wie die Oberfläche eines Teichs zu wabern, die von etwas gestört wurde. Sie kämpfte gegen das Unwohlsein an und streckte ihre Hand danach aus. Ihre Übelkeit verstärkte sich und sie zuckte zurück, während sie in ihrem Inneren schrie und Tränen aus ihren Augen strömten.

Götter, lasst es verschwinden!

Mina lag zitternd da und hielt sich fest. Schließlich verblasste das Gefühl und hinterließ sie schwach und erschöpft. Als ihre Kraft zurückkehrte, setzte sie sich auf und strich sich die Haare aus den Augen. Die Luft waberte nicht mehr. Sie berührte ihr Bein. Von der Schuppe ging nichts mehr aus. War das die Präsenz eines Drachen gewesen? Wenn ja, musste er unglaublich mächtig gewesen sein, um solch eine Wirkung auf sie zu haben.

Angst durchströmte sie. Wenn das ein Drache gewesen war, könnte Klodian tot sein. Mina rappelte sich auf und lehnte sich kurz an den Trümmern an. Sie musste ihn finden. Wenn er getötet worden war, würde ihr Fluch nie aufgehoben werden.

»Hier drüben!«, rief Caden. »Ich habe ihn gefunden!«

# 8

Caden kniete neben Lord Klodians regungsloser Gestalt.

Seine Brust hob und senkte sich beim Atmen, und Caden stieß erleichtert die Luft aus. Zuerst hatte er befürchtet, sein Lord wäre tot. Ein Blick auf die Umgebung verriet nicht viel. Alles war ein Trümmerhaufen wie der Rest der Stadt, und es gab keine Anzeichen dafür, dass etwas Übles Klodian bewusstlos gemacht hatte.

Trotzdem lag der Mann nicht ohne Grund am Boden. Caden hielt vorsichtshalber seine Hand am Schwertgriff, obwohl er nicht wusste, was er gegen einen Drachen ausrichten könnte. Thais gesellte sich als Erste zu ihm. Ihre Augen weiteten sich überrascht.

»Er lebt, aber ich weiß nicht, was passiert ist. Ich habe ihn hier so gefunden.«

»Wenn ein Drache ihn angegriffen hätte, wäre nichts von ihm übrig«, sagte Thais.

»Genau das denke ich auch. Das heißt aber nicht, dass wir außer Gefahr sind. Hol Captain Eduard. Wir müssen Lord Klodian in Sicherheit bringen.«

»Ich mag es nicht, wenn man mir Befehle erteilt, aber diesmal mache ich eine Ausnahme. Beim nächsten Mal möchte ich aber ein 'bitte' hören.«

Thais schenkte ihm ein Grinsen und eilte davon. Einen Moment später näherte sich Mina vorsichtig. Ihr Gesicht war bleich und sie sah aus, als würde sie gleich in Ohnmacht fallen.

»Ist er ...«

»Nein, es geht ihm gut. Zumindest im Moment. Thais ist Hilfe holen gegangen. Geht es dir gut? Du siehst krank aus.«

»Es ist nichts«, antwortete Mina.

Offensichtlich log sie, aber Caden beschloss, nicht nachzuhaken. Stattdessen nickte er und hob das Visier von Klodians Helm. Seine Augenlider waren geöffnet, aber nur das Weiße seiner Augen war zu sehen. Caden zog ihm vorsichtig den Helm komplett ab und legte ihn beiseite.

»War er schon mal bewusstlos? Vielleicht wenn er die Runenmagie benutzt?«

»Nein, noch nie.«

Mina schien nervös, was ihn verwirrte. Er fragte sich, warum sie sich solche Sorgen um Klodian machte. Wenn er starb, wäre sie keine Sklavin mehr. Sie hätte dann auch kein Zuhause mehr, aber für Caden schien Freiheit wichtiger als Dinge wie Essen und Unterkunft. Mina schwankte auf den Füßen und blinzelte träge.

»Du solltest dich vielleicht hinsetzen«, sagte Caden. »Du siehst gar nicht gut aus.«

»Mir geht's gut. Kümmere dich einfach um Lord Klodian.«

Beide verstummten. Die Zeit schien sich endlos hinzuziehen, bis das Geräusch mehrerer sich nähernder Personen die Stille durchbrach. Thais war zurückgekehrt und führte Captain Eduard und einige andere Runesmänner an.

»Was ist passiert?«, verlangte Eduard zu wissen.

»Ich bin nicht sicher. Er lag schon am Boden, als ich ihn fand.«

Eduard winkte den anderen Runesmännern zu. »Findet etwas Stabiles, worauf wir ihn legen können. Wir tragen ihn hier raus und lassen ihn von den Ärzten im Schloss untersuchen.«

Kurz darauf wurde ein dünnes, flaches Holzbrett gebracht, und sie hoben Lord Klodian darauf, wobei sie das Brett als behelfsmäßige Trage benutzten. Eduard befahl allen, eine Seite zu greifen, und gemeinsam hoben sie es vom Boden und begannen vorsichtig, über die Trümmer zu navigieren. Caden warf einen Blick über seine Schulter zu Mina.

Sie folgte ihnen, schien aber Mühe zu haben. Caden musste sich hauptsächlich auf Klodian konzentrieren, vor allem darauf, seine Seite des Bretts hoch genug zu halten ohne zu stolpern, aber er beobachtete Mina immer wieder, wenn es eine Pause gab.

Als sie die Straße erreichten, hörte Caden ein Stöhnen und drehte sich gerade noch rechtzeitig um, um zu sehen, wie Mina stolperte und fiel. Sie schlug hart auf dem Boden auf und bewegte sich nicht mehr.

»Captain! Das Mädchen!«

Eduard befahl einen Halt und ging zu ihr hinüber, machte aber keine Anstalten, ihr zu helfen. Er stand einen Moment schweigend über ihr, dann drehte er sich zu Caden um.

»Wir können später nach ihr sehen.«

Caden runzelte die Stirn. »Sir?«

»Lord Klodians Wohlergehen ist wichtiger als ihres. Nachdem wir uns um ihn gekümmert haben, können wir uns um sie sorgen.«

»Entschuldigen Sie, Sir, aber ich glaube nicht, dass Lord Klodian das gutheißen würde.« Eduard starrte ihn hart an. »Sie ist der Schlüssel zu seinem Reichtum. Wenn wir sie hier draußen zurücklassen, möchte ich nicht sehen, welche Strafe er demjenigen auferlegt, der dafür verantwortlich ist.«

Caden bemerkte eine leichte Veränderung in Eduards Verhalten. Sie war subtil, aber sie war da.

»Guter Punkt, Runesmann. Sie können sie tragen.«

Eduard schritt an Caden vorbei und befahl den anderen weiterzugehen. Caden hoffte, er hatte beim Captain keine Grenze überschritten, aber er konnte es mit seinem Gewissen nicht vereinbaren, jemanden sterben zu lassen. Und er wusste, dass er nicht falsch lag. Wenn Klodian herausfände, dass sie Mina absichtlich zurückgelassen hatten, würde er wahrscheinlich die ganze Gruppe auspeitschen lassen.

Caden hob Mina in seine Arme und warf sie sich über die Schulter, dann beeilte er sich, die anderen einzuholen. Sie schleppten sich durch die zerstörte Stadt zurück zu dem Ort, wo die Kutsche und ihre Reittiere warteten.

Die Wüste war immer ein stiller Ort, aber Caden empfand die Stille von Slia als unheimlich.

Er erreichte die Kutsche gerade, als Lord Klodian hineingelegt worden war. Captain Eduard nickte ihm zu, als er heraustrat, was Caden zu der Annahme veranlasste, dass er es nicht völlig vermasselt hatte.

»Legen Sie das Mädchen dort hinein und fahren Sie mit. Ich kann nicht an zwei Orten gleichzeitig sein, also behalten Sie Lord Klodian im Auge. Wenn etwas passiert, klopfen Sie zweimal an die vordere Wand. Der Kutscher wird anhalten und ich werde wissen, dass es ein Problem gibt.«

Caden war sich nicht sicher, ob sein Auftrag eine Strafe oder eine Belohnung war. Er hatte nichts dagegen, im kühlen Schatten zu fahren, wollte aber auch nicht, dass die anderen Runesmänner dachten, er wäre ohne Verdienst über sie erhoben worden. Vielleicht dachte er zu viel darüber nach, aber er wusste, wie kleinlich Menschen sein konnten.

»Jawohl, Sir.«

Eduard wartete, bis Caden die Kutsche betreten hatte, dann schloss er die Tür und begann, Befehle zu rufen. Lord Klodian lag auf einer Seite der Kutsche, ausgestreckt auf der gepolsterten Bank. Caden legte Mina auf die andere Seite in die gleiche Position und stellte sich in die Mitte. Die Kutsche setzte sich in Bewegung und er hielt sich zur Unterstützung an der Wand fest.

Sein Blick wanderte zwischen Lord Klodian und Mina hin und her, um sicherzugehen, dass sie normal atmeten. Abgesehen von der Bewusstlosigkeit schien Lord Klodian keine Verletzungen erlitten zu haben. Es war ein Rätsel, aber eines, das hoffentlich von den Ärzten gelöst werden würde. Nach einer langen Weile flatterten Minas Augen auf.

»Wie fühlst du dich?«, fragte er.

Sie beobachtete ihn mit einem nachdenklichen Gesichtsausdruck und setzte sich langsam auf, wobei sie ihre Knie an die Brust zog.

»Mir geht es besser«, antwortete sie.

»Du hast mir dort hinten Angst eingejagt. Ich bin froh, dass es dir gut geht.«

Minas Wangen erröteten, aber sie sagte nichts. Sie fuhren schweigend, während beide Lord Klodian im Auge behielten. Schließlich ließ Mina ihre Beine los und ließ sie von der Bank baumeln. In diesem Moment entdeckte Caden einen kupfernen Schimmer. Sie musste ihre Hose zerrissen haben, als sie gefallen war. Mina folgte seinem Blick und ihre Augen weiteten sich. Sie versuchte, die Schuppe mit ihren Händen zu bedecken und fluchte leise.

»Mich stört das nicht«, sagte Caden.

»Vielleicht dich nicht, aber mich schon. Ich hasse dieses verfluchte Ding.«

»Manche würden es als Segen statt als Fluch sehen.«

»Und solche Leute würden sich irren«, erwiderte Mina. »Niemand weiß, wie es ist, die Präsenz dieser Kreaturen im eigenen Kopf zu spüren. Das würde ich nicht einmal meinen schlimmsten Feinden wünschen.«

Während er ihr zuhörte, fragte sich Caden, ob er die Kraft hätte, mit so etwas umzugehen. Es war unerhört. Ein Mensch, der Drachen spüren konnte. Er hatte gehört, was man über sie tuschelte. Manche nannten sie eine Hexe, andere eine Ausgeburt der Hölle. Sie lagen alle falsch, das wusste er. Sie war einfach anders, und die Menschen hatten Schwierigkeiten, das zu verstehen.

»Wurdest du am Hof von Klodan geboren?«, fragte Caden.

»Nein. Meine Eltern haben mich an ihn verkauft, als ich jung war.«

»Sie haben dich *verkauft*? Ist das nicht illegal?«

Mina schnaubte. »Vieles ist illegal, aber das hält niemanden davon ab.«

»Das weiß ich, aber … deine eigene Familie hat dich verkauft. Ich kann nicht glauben, dass jemand so etwas tun würde.«

»Ich gebe dieser dummen Schuppe die Schuld. Und dem Drachen, dem sie gehört. Deshalb helfe ich ihm, weißt du.«

»Warum?«

»Um die Welt von diesen Bestien zu befreien. Drachen sind hirnlose Tiere, die nur wegen ihrer Schätze gut sind. Lord Klodian wird reicher, und ich bekomme ein bisschen Rache für jeden, der getötet wird.«

Caden war überrascht von dem vielen Hass, den sie in sich trug. Sie wirkte wie eine so sanftmütige Frau, und doch konnte er, während sie sprach, die ungezügelte Wut in ihrer Stimme hören. Sie mochte Drachen nicht nur nicht, sie verabscheute sie.

»Wie ist es passiert?«, fragte Caden.

Mina starrte ihn an, und er nahm an, er hätte sie beleidigt. Er wollte sich gerade entschuldigen, als sie antwortete.

»Ich bin in das Nest eines Drachen gefallen. Als ich in den Hügeln spielte, trat ich auf eine schwache Stelle und sie brach ein. Das Nest war zum Glück verlassen, aber sie hatten einen großen Haufen abgeworfener

Schuppen zurückgelassen. Ich landete darauf und das war meine Belohnung.«

Sie nahm ihre Hände von ihrem Bein und Caden konnte es besser sehen. Es war von tiefer Kupferfarbe und fünfeckig geformt. Die beiden Seiten waren länger, während die oberen und unteren Kanten einen kürzeren Durchmesser hatten. Sie schmiegte sich bündig an ihren Oberschenkel, was Caden faszinierend fand. Er hatte angenommen, die Schuppe würde hervorstehen, aber angesichts der Tatsache, dass sie normale Kleidung trug, wurde ihm klar, dass das eine dumme Annahme war.

»Haben deine Eltern versucht, sie zu entfernen?«

»Ja, das haben sie. Und auch die örtlichen Ärzte. Die Schuppe ist irgendwie mit meinem Fleisch verschmolzen und ... wurde ein Teil von mir. Meinen Eltern wurde gesagt, die einzige Option wäre, mein Bein zu amputieren. Sie hätten diese Option wahrscheinlich gewählt, wäre da nicht die andere Sache gewesen.«

»Was meinst du damit?«

»Die Fähigkeit, Drachen zu spüren. Ich wusste nicht, was es war, bis ich dem Ziehen folgte. Ich führte meine Eltern zu einer Drachenhöhle und hätte uns fast alle umbringen lassen. Ich glaube, da wurde ihnen klar, dass ich nicht nur missgebildet war. Ich war verflucht. Lord Klodian hörte die Gerüchte über mich und meine Eltern verkauften mich an ihn. Mehr gibt es nicht zu erzählen.«

Caden setzte sich neben sie auf die Bank und versuchte zu begreifen, wie Eltern ihr eigenes Fleisch und Blut verkaufen konnten. Als sie zum Schloss zurückkehrten, hatte er immer noch keine Antwort.

9

Minas Kraft kehrte erst mit Einbruch der Dunkelheit vollständig zurück.

Das Chaos, das das Schloss erfasst hatte, hatte sich endlich gelegt, obwohl die Diener über den stetigen Strom von Ärzten sprachen, die in Lord Klodians Gemächer ein- und ausgingen. Mina hatte den Rest des Tages in ihrem Bett verbracht, konnte aber nicht schlafen. Ihr fehlte die Energie, ihre Pflichten zu erfüllen, und sie bezweifelte, dass irgendjemand bemerken würde, dass sie nicht erledigt waren.

Lord Klodian würde es bemerken, aber da er noch bewusstlos war, fürchtete sie seinen Zorn nicht. Zum ersten Mal seit langem sich selbst überlassen, spielten sich die Ereignisse in Slia in ihrem Kopf immer wieder ab. Die seltsame Empfindung, die sie gespürt hatte, beunruhigte sie noch immer. Sie war definitiv von der Schuppe ausgegangen, fühlte sich aber anders an als jeder Drache, den sie bisher gespürt hatte.

»Wie geht es dir?«, unterbrach Vhans Stimme ihre Gedanken, und sie drehte sich zu ihm um.

»Besser«, antwortete sie.

»Das ist gut.«

»Was ist mit Lord Klodian?«

»Noch nichts Neues zu berichten. Die Ärzte scheinen ratlos. Er hat keine sichtbaren Verletzungen, aber sie können nicht erklären, warum er noch nicht aufgewacht ist. Trotzdem scheinen sie sich einig zu sein, dass er wieder gesund wird. Sie sagen, es könnte eine Weile dauern, bis er aus diesem Zustand erwacht.«

Mina war nicht sicher, ob diese alten Männer wussten, wovon sie sprachen. Wenn es keine Wunden gab und er noch nicht aufgewacht war, stimmte etwas nicht. Sie konnte jedoch nichts daran ändern, also versuchte sie, nicht darüber nachzudenken, was passieren würde, wenn Klodian sterben würde.

»Hast du Hunger?«, wechselte Vhan das Thema. »Das Abendessen ist fast fertig. Wenn du denkst, dass du es nicht bis zur Speisehalle schaffst, kann ich dir etwas bringen.«

»Danke für das Angebot, aber ich denke, ich schaffe das«, sagte Mina.

Sie war hungrig und fühlte sich wieder wie sie selbst, also setzte sie sich auf und schlüpfte in ihre zerlumpten Schuhe. Sie wartete darauf, genug Geld für ein neues Paar stabiler Stiefel zu haben, aber da Klodian sie nicht bezahlte, dauerte es lange, die Münzen zusammenzukratzen.

»Ich hätte nichts gegen Gesellschaft, wenn du sonst nichts zu tun hast.«

Vhan lächelte. »Ich habe tatsächlich frei heute Abend.«

»Ich auch. Ziemlich seltsam, oder?«

»Wirklich seltsam«, stimmte Vhan zu. »Ich weiß fast nicht, was ich mit mir anfangen soll.«

Mina lachte, was sie nicht oft tat. Es tat gut, sich unbeschwert zu fühlen, auch wenn es nicht lange anhalten würde.

»Komm, ich verhungere.«

Vhan ging neben ihr her, während sie sich durch das Labyrinth der Gänge bewegten, und als sie die Speisehalle erreichten, wurden gerade die Runenkrieger bedient. Mina aß normalerweise erst später am Abend, daher war sie überrascht, so viele Menschen auf einmal in der Halle zu sehen. Caden und

Thais waren auch da und unterhielten sich am Ende eines der langen Tische.

Mina und Vhan stellten sich in die Schlange der Wartenden, und bekamen schließlich einen Teller mit dampfendem Huhn in Käsesoße und eine Schale Brühe. Das Essen in der Klodian-Festung war das Einzige, worüber Mina sich nie beschwert hatte. Lord Klodian sparte nicht, wenn es darum ging, seine Soldaten und Mitarbeiter zu ernähren, und obwohl Mina eine Sklavin war, schloss er sie nicht aus.

Sie folgte Vhan zu einem leeren Abschnitt eines der Tische, und sie aßen schweigend. Der Raum war jedoch alles andere als still. Die Runenkrieger waren eine lärmende Gruppe. Bruchstücke lauter Gespräche drangen an Minas Ohren, und sie hörte alles von Geschichten über die Herkunft der Leute bis zur Zerstörung von Slia. Der Lärm war etwas überwältigend, und nachdem sie ihre Mahlzeit beendet hatte, stand sie auf.

»Danke, dass du mit mir gegessen hast«, sagte sie zu Vhan. »Ich sollte mich wohl ausruhen.«

»Gern geschehen«, grinste er sie wie ein Narr an. »Heißt das, du zeigst mir jetzt die Schuppe?«

Mina verdrehte die Augen. »Nein.«

»Einen Versuch war's wert«, sagte er mit einem Lachen und zuckte mit den Schultern. »Lass einfach deinen Teller und deine Schüssel hier. Das Küchenpersonal wird sie einsammeln.«

»Bist du sicher?«

»Ja. Das ist ihre Aufgabe, weißt du.«

»Ach ja, stimmt. Na dann, gute Nacht, Vhan. Bis morgen.«

»Bis morgen.«

Mina verließ die laute Speisehalle und kehrte zu ihrem Bett zurück. Mit vollem Magen dauerte es nicht lange, bis sie einschlief. Ihre Träume ließen sie jedoch nicht ruhen, und sie wälzte sich unter ständigen Albträumen hin und her. Sie hatte das Gefühl, gerade erst wieder eingeschlafen zu sein, als jemand ihre Schulter berührte.

Sie öffnete die Augen und sah Hauptmann Eduard. Er legte seinen Finger an die Lippen und deutete zum Gang. Mina stand auf und folgte ihm, während sie sich fragte, warum er sie holte. Ihr Herz begann in ihrer Brust zu rasen. Als sie den Raum verlassen hatten, sprach Eduard leise.

»Lord Klodian will Euch sehen.«

»Er ist wach?«

»Ja, aber er ist sehr schwach. Ich sagte ihm, es könne bis morgen warten, aber er bestand darauf, dass ich Euch hole.«

»Wird er wieder gesund?«

»Er wird wieder. Gehen wir. Ich möchte heute Nacht noch *etwas* Schlaf bekommen.«

Hauptmann Eduard begleitete sie zu Lord Klodians Schlafgemach. An der Tür blieb er stehen und nickte ihr zu, einzutreten. Sie öffnete die Tür und trat ein. Eduard schloss sie hinter ihr, und sie hörte seine sich entfernenden Schritte den Gang hinunterhallen.

Der Raum war größtenteils dunkel, nur einige Kerzen brannten mit stetigem Licht. Sie ging weiter in den Raum hinein und hielt inne, als sie Lord Klodian sah. Er saß aufrecht in seinem Bett, den Rücken gegen das Kopfende gelehnt. Ein Berg von Kissen umgab ihn. Mina zögerte. Er schien zu schlafen. Sie wollte sich gerade umdrehen, als er sprach.

»Setz dich, Mädchen.«

Seine Stimme war kaum mehr als ein Krächzen. Im schwach beleuchteten Raum war es fast unheimlich. Mina ging auf einen Stuhl an der Wand zu, und Klodian zischte missbilligend.

»Hier her. Auf den Boden.«

Sie gehorchte und setzte sich auf den plüschigen Teppich, der die kalten Steine bedeckte, dabei knirschte sie mit den Zähnen. Mina hasste es, dass er sie wie einen Hund behandelte. Sie war erleichtert zu sehen, dass er am Leben war, aber das bedeutete nicht, dass sie sich um ihn sorgte. Sie wollte nur ihre Freiheit, und unglücklicherweise war er der einzige Schlüssel zu dieser Tür.

»Hast du heute in Slia einen Drachen gespürt?«

»Nein, mein Herr.« Sie zögerte. »Ich ... glaube nicht.«

»Interessant. Erkläre dich.«

»Es ist schwer zu beschreiben, aber wenn ich einen Drachen spüre, ist es sehr eindeutig. Ich weiß dann einfach, dass es einer ist. Heute habe ich etwas gespürt, aber es war nicht dasselbe. Es war ... anders, seltsam. Ich weiß nicht, was es war, aber es machte mich krank.«

Lord Klodian schwieg lange Zeit, und Mina fragte sich, ob er eingeschlafen war. Er bewegte sich und kratzte sich träge an der Wange. Sie hatte ihn noch nie so verletzlich gesehen. Der Gedanke, ihn zu töten, huschte durch ihren Kopf, aber sie verwarf ihn fast sofort wieder. Sie war keine Mörderin, egal wie sehr sie dachte, dass er es verdient haben könnte. Und so ungern sie es auch zugab, sie brauchte Klodian.

»Ich denke, du hast möglicherweise die Berührung von Magie gespürt«, sagte er.

»Mein Lord?«

»Ich habe nicht gestottert, Mädchen. Etwas oder jemand hat mich dort draußen angegriffen. Ich habe niemanden gesehen, aber es ist die einzige Erklärung, die ich habe.«

»Warum denkt Ihr, dass ich Magie gespürt habe? Nur Runenkrieger können sie spüren, wenn ihr Lord sie einsetzt, wenn ich mich nicht irre?«

Lord Klodian wandte ihr den Kopf zu.

»Es gibt andere Formen von Magie in der Welt. Selbst du hast sicherlich die Gerüchte gehört.«

»Das habe ich, mein Lord, aber es sind nur das: Gerüchte. Der Hohe Prinz hat alles außer Runenmagie verboten.«

Klodian lachte schwach, aber es lag keine Freude darin.

»Der Hohe Prinz hat vieles verboten, aber die Menschen finden immer Wege, das Gesetz zu umgehen. Es gibt Abtrünnige da draußen, die verbotene Magie praktizieren. Man nennt sie Magier. Ihre Kräfte unterscheiden sich stark von der Runenmagie und sind viel gefährlicher. Ich denke, einer von ihnen hat mich angegriffen, auch wenn ich noch nicht herausgefunden habe, warum. Vielleicht war es ein weiterer Attentatsversuch oder ein Überlebender des Drachenangriffs. Jedenfalls glaube ich, dass diese Schuppe dich auf die Anwesenheit von Magie aufmerksam machen kann.«

Mina wollte es nicht glauben, aber es ergab Sinn. Das Gefühl war zu anders gewesen, um von einem Drachen zu stammen. Für ihre Abneigung dagegen gab es jedoch keine Erklärung. Es hatte sie körperlich krank gemacht, so sehr, dass sie nutzlos gewesen war.

»Das könnte stimmen, auch wenn ich inständig hoffe, dass es nicht so ist.«

»Natürlich nicht«, sagte Klodian. »Du siehst deinen Drachensinn bereits als Fluch. Wenn du auch noch Magie spüren kannst, wirst du diese Schuppe sicherlich noch mehr hassen.«

»Ihr kennt mich zu gut, mein Lord.«

»Offenbar nicht gut genug. Wie mir das entgangen ist, ist mir ein Rätsel. Es sei denn, du wusstest es und hast es vor mir verheimlicht?«

Obwohl seine Worte schwach und heiser waren, jagte die versteckte Drohung hinter seiner Frage Mina einen Schauer über den Rücken.

»Es ist für mich genauso neu wie für Euch. Ich würde so etwas nicht verheimlichen, mein Lord.«

Klodian nickte langsam. »Ich glaube dir. Sobald meine Kraft zurückkehrt, werden wir deine neue Fähigkeit auf die Probe stellen.« Er atmete einen Moment schwer. »Lass mich allein. Ich muss mich ausruhen.«

Als Mina sich auf den Weg zurück zur Dienerkammer machte, breitete sich ein ungutes Gefühl in ihrem Magen aus.

10

Nach dem Abendessen zogen sich Caden und die anderen Runenkrieger in die Kaserne zurück. Die Dunkelheit war hereingebrochen, und es gab noch immer keine Neuigkeiten über Lord Klodians Zustand. Caden schlurfte hinter seinen Kameraden her, Thais an seiner Seite.

Seine Gedanken kehrten immer wieder zu dem seltsamen Ding zurück, das er in Slia gefunden hatte. Er hatte es im oberen Teil seines rechten Stiefels verstaut, um es nicht zu verlieren, und es war schließlich nach unten gerutscht, bis er darauf lief. Es drückte schmerzhaft gegen seine Fußsohle, aber er ignorierte den Schmerz und hörte Thais zu, während sie redete.

»Was passiert, wenn Lord Klodian nie wieder aufwacht?«, fragte sie.

»Sag sowas nicht«, erwiderte Caden und warf ihr einen finsteren Blick zu.

»Warum nicht? Jeder denkt es. Ich sage es nur laut. Und es ist eine berechtigte Frage. Wer übernimmt seine Position, wenn er stirbt?«

»Woher soll ich das wissen? Ich bin ein niedriger Fußsoldat wie du. Aber wenn ich raten müsste, würde ich sagen, der Hohe Prinz wird jemand anderen ernennen. Lord Klodian ist nicht verheiratet und hat keine Kinder, also gibt es keinen Erben für seinen Titel.«

»Das ist eine vernünftige Annahme. Ich dachte, der Nächste in der Befehlskette würde befördert werden, aber ich nehme an, bei einem Dominion-Lord gilt eine andere Machthierarchie.«

»Ich muss dir etwas zeigen«, sagte Caden mit gedämpfter Stimme.

»Was denn?«

»Triff mich an meinem Bett, wenn die Lichter ausgehen.«

Thais schielte zu ihm herüber, und ein kokettes Grinsen umspielte ihre Lippen. Als ihm klar wurde, dass seine Worte nach etwas ganz anderem klangen, lachte er und schüttelte den Kopf.

»Nichts in der Art.«

»Klar. Darauf bin ich ein- oder zweimal reingefallen, aber nicht mehr.«

»Ich meine es ernst. Ich habe etwas in Slia gefunden, aber ich weiß nicht, was es ist.«

»Wenn du meinst. Wenn ich dich ohne Kleidung vorfinde ...« Thais beendete den Satz nicht. Caden fragte sich, ob sie tatsächlich wütend wäre, wenn er das täte, und schob den Gedanken schnell beiseite. Er würde nie etwas so Dreistes tun. Na ja, vielleicht wenn er betrunken wäre, aber sicher nicht bei klarem Verstand.

Die Runenkrieger betraten die Kaserne und verteilten sich auf ihre zugewiesenen Plätze. Caden setzte sich auf seine Pritsche und zog mit einem Grunzen seine Stiefel aus, dankbar, von den Füßen zu kommen. Obwohl niemand einen Feind gesehen hatte, weder Drachen noch andere, hatte Hauptmann Eduard die Burg in höchste Alarmbereitschaft versetzt. Lord Klodians mysteriöser Zustand hatte alle zum Spekulieren gebracht, und alle Soldaten der Burg mussten Wachschichten übernehmen.

Im Laufe des Tages, als nichts geschah, lockerte Eduard die Schichten, um Zeit für Abendessen und Ruhe zu ermöglichen. Caden war genauso beunruhigt wie alle anderen, aber es brachte nichts, sich darüber zu sorgen. Manche Dinge lagen außerhalb seiner Kontrolle. Der Schlüssel lag darin, das zu akzeptieren.

Er kippte seinen rechten Stiefel um und fing das Metallstück auf, als es herausfiel, dann legte er sich hin und drehte den Gegenstand in seinen Händen. Jetzt, wo es überhaupt nicht mehr leuchtete, konnte er sehen, dass es einen silbergrauen Farbton hatte. Das einzigartige Linienmuster war noch immer sichtbar. Caden fuhr mit einem Finger über die Erhebungen. Sie waren glatt. Das ganze Stück war glatt, abgesehen von einer gezackten Kante, die wie eine Bruchstelle aussah. Was auch immer das Ding war, es war von etwas abgebrochen.

Nachdem die Laternen gelöscht waren und Schnarchen die Luft erfüllte, näherte sich Thais seiner Pritsche. Der Raum wurde leicht vom Mondlicht erhellt, das durch die Fenster fiel, und er konnte sehen, dass sie ihn mit einem nachdenklichen Blick musterte.

»Was?«, fragte Caden.

»Du hast mich überrascht.«

»Wieso?«

»Ich hatte erwartet, dich nackt vorzufinden. Ich dachte, du hättest nur gescherzt, etwas gefunden zu haben.«

»Bist du enttäuscht, dass ich es nicht bin?«
Caden vermutete, dass sie sich zu ihm
hingezogen fühlte, aber er wollte sich sicher
sein, bevor er versuchte, etwas mit ihr
anzufangen. Es war erstaunlich, wie schnell
er seine Meinung über sie geändert hatte.

»Mach dir darüber keine Gedanken. Was
willst du mir zeigen?«

»Das hier.«

Er hielt den Gegenstand hoch, sodass ein
Lichtstrahl darauf fiel. Thais griff danach,
und Caden zog seine Hand weg.

»Ich werde es dir schon nicht stehlen«,
schnaubte sie. »Ich will es nur näher
betrachten.«

Er gab es ihr, und sie betrachtete es
genau. Ihre linke Augenbraue hob sich, und
sie richtete ihren Blick auf ihn.

»Du hast das in Slia gefunden?«

»Ja. Es war unter Trümmern begraben,
und es leuchtete rot, als ich es zum ersten Mal
sah, aber es war nicht heiß.«

»Weißt du nicht, was das ist?«, fragte sie.

»Sollte ich?«

»Es ist ein Stück Irit.«

Caden starrte sie verständnislos an und
schüttelte leicht den Kopf. »Was ist das?«

»Es ist eine Art Metall, aber es kommt nur an einem Ort vor, den ich kenne, und der ist nicht in der Nähe.«

»Vielleicht hat es jemand nach Slia importiert. Was ist daran so besonders?«

»Eigentlich nichts, außer dass es auf einer Kreatur wächst, die auf einem vulkanischen Berg lebt. Es ist im Grunde eine riesige Schnecke, die in den Schloten des Vulkans haust. Das Irit dient als Schutz vor der Hitze. Es ist ein interessantes Geschöpf, aber sie sind harmlos. Ich finde es seltsam, dass du das in Slia gefunden hast, wo es doch von einem Drachen angegriffen wurde.«

»Warum ist das seltsam? Du sagst, es ist im Grunde ein Stück von einer Schnecke.«

»Ja, aber es ist hitzebeständig. Was, glaubst du, brennt heißer, Drachenfeuer oder ein Vulkan?«

»Wahrscheinlich ein Vulkan, aber was weiß ich schon?«

»Nicht viel, offensichtlich«, stichelte Thais mit einem Grinsen. »Aber du hast richtig geraten. Die Leute versuchen seit Jahren, Irit zu nutzen, aber niemand hat herausgefunden wie. Es ist so ähnlich wie Eisen, hat aber andere Eigenschaften. Es ist fast unmöglich, es zu formen.«

»Du scheinst eine Menge darüber zu wissen«, sagte Caden.

Thais zuckte mit den Schultern. »Mein Vater verbrachte einige Zeit mit Händlern, die einen Plan hatten, das Zeug zu verkaufen, aber niemand wollte es. Ich hatte das Pech, mir ihre gesamte Unterhaltung darüber anhören zu müssen.«

»War dein Vater ein Händler?«

»Nein. Er war Soldat.«

»Ein Runenmeister?«

»Nein, er war ein Anführer. Ein Kommandant. Er ist vor ein paar Jahren im Kampf gefallen.«

»Hat er Lord Klodian gedient?«, fragte Caden, überrascht darüber, dass Thais so offen mit ihm sprach.

»Das hätte ich mir gewünscht. Er diente in einer anderen Domäne unter Lord Culver. Der Mann ist ein Tyrann. Als mein Vater starb, bezeichnete Lord Culver ihn als Versager und verbannte mich und meine Mutter aus seiner Domäne. Wir kamen zum Thophat, weil niemand Lord Culvers Zorn riskieren wollte.«

»Lord Klodian war das wohl egal, was?«

»Lord Klodian weiß es nicht«, stellte Thais klar. »Das hätte ich dir nicht erzählen sollen.«

»Keine Sorge, ich werde nichts sagen«, erwiderte Caden. »Was hätte ich davon, dir Ärger einzubrocken?«

»Nichts außer einer Tracht Prügel.«

»Und deine Mutter? Bist du den Runenmeistern beigetreten, um ihr finanziell zu helfen?«

»Sie ist auch tot.« Thais' Gesichtsausdruck verdüsterte sich. »Ich hab keine Lust mehr, darüber zu reden.«

»Ich wollte nicht in deiner Vergangenheit herumschnüffeln. Tut mir leid.«

»Schon gut. Ich gehe jetzt schlafen. Es war ein langer Tag.«

Caden hatte halb erwartet, dass Thais sich wieder auf seine Pritsche legen würde, aber stattdessen gab sie ihm das Iritstück und ging zu ihrem eigenen Bett. Er legte das Irit unter sein Kissen und dachte über ihre Worte nach. War es möglich, dass jemand herausgefunden hatte, wie man das Metall nutzen konnte? Und wenn ja, was machten sie damit?

11

Es war noch dunkel, als einer der Diener Mina weckte.

Sie drehte sich um, blinzelte verschlafen und versuchte, das Gesicht des Mädchens zu erkennen. Es war Kera. Oder Fera. Sie war sich nicht sicher, da die Zwillinge schwer zu unterscheiden waren.

»Lord Klodian verlangt nach dir«, flüsterte das Mädchen.

»Es ist noch dunkel«, stöhnte Mina. »Was kann er denn um diese Uhrzeit wollen?«

»Die Dämmerung naht. Und du weißt ja, wie er sein kann, also schlaf bitte nicht wieder ein.«

Das Mädchen schlich zurück zu ihrem eigenen Bett und kroch hinein, zog sich die Decke über den Kopf. Mina gähnte und blieb noch einen Moment liegen, während sie versuchte, richtig wach zu werden. Es fühlte sich an, als wäre sie gerade erst eingeschlafen, und es half auch nicht, dass er sie mitten in der Nacht geweckt hatte. Sie zwang sich aus dem Bett, zog schleppend ihre abgetragenen Schuhe an und machte sich auf den Weg in den Flur.

Lord Klodian wartete dort auf sie, zusammen mit zwei anderen Männern. Sie alle trugen einfache Kleidung, was Mina innehalten ließ. Sie hatte Klodian noch nie so leger gekleidet gesehen. Es war ein merkwürdiger Anblick.

»Mein Lord?«

Klodian musterte sie. »So wie du aussiehst, wirst du nicht auffallen«, sagte er. »Komm, die Kutsche wartet auf uns.«

»Kutsche? Was geht hier vor?«

»Ich habe dir doch gesagt, wir werden deine neue Fähigkeit testen. Und ich weiß genau den richtigen Ort dafür.«

Mina starrte Klodian an und versuchte, mit ihrem müden Verstand seine Worte zu begreifen. Vor wenigen Stunden noch hatte er gebrechlich und müde ausgesehen. Und jetzt schien er wieder ganz der Alte zu sein. Seine Stimme war nicht mehr heiser, überhaupt nichts. Ihr wurde klar, dass er wahrscheinlich seine Runenmagie benutzte.

»Wir brechen jetzt auf, mein Lord?«

»Ja. Wir haben eine weite Strecke vor uns, und ich möchte bis Einbruch der Nacht zurück sein.«

»Wohin fahren wir?«, fragte Mina.

»In die Grenzlande, nahe der Phalan-Herrschaft. Deine Fragen verschwenden nur Zeit. Lass uns gehen.«

Klodian drehte sich auf dem Absatz um und ging los. Einer der Wachen folgte ihm an seiner Seite, und der andere wartete auf Mina. Sie rieb sich den Schlaf aus den Augen und seufzte. Wenn die verfluchte Schuppe ihr noch eine weitere Fähigkeit verleihen würde, würde sie sie sich aus dem Fleisch reißen, egal wie schmerzhaft es wäre.

Die vier stiegen in die Kutsche und machten sich auf den Weg nach Norden zur Grenze. Mina war neugierig, warum Klodian wie ein gewöhnlicher Bürger gekleidet war, aber noch neugieriger war sie, warum er nur zwei Wachen mitgenommen hatte. Sie hatte gehört, dass die Städte entlang der Grenzen der Herrschaftsgebiete gefährliche Orte waren, voller Menschen, die die Gesetze beider Herrschaften nicht respektierten. Wenn das stimmte, vermutete Mina, dass Lord Klodian deutlich zu wenig Personal dabei hatte.

Die Reise dauerte mehrere Stunden und verlief ereignislos. Mina war überrascht, dass sie die ganze Zeit wach blieb, besonders angesichts der Tatsache, dass sie kaum geschlafen hatte. Sie hielt ihren Blick aus dem Fenster oder auf den Boden gerichtet und versuchte, Klodian oder seinen Männern nicht in die Augen zu sehen. Schließlich entdeckte sie eine ausgedehnte Metropole, die eher einem übergroßen Lager als einer Stadt ähnelte. Es gab keine Mauer, die sie umgab, und der Ort wimmelte von Menschen aller Kulturen, die in und aus großen bunten Zelten strömten.

Als die Kutsche anhielt, stiegen die beiden Wachen aus und überprüften die Umgebung, dann winkten sie Lord Klodian zu. Er trat ins Freie und blickte über seine Schulter zu Mina.

»Dies sollte der ideale Ort sein, um Magie zu spüren. Karapen ist die geschäftigste Stadt an der Grenze, und es gibt Menschen aus vielen anderen Herrschaftsgebieten. Wenn jemand verbotene Magie benutzt, dann hier.«

Mina stand auf und rieb unbewusst über die Schuppe an ihrem Bein. Sie spürte noch nichts, aber wenn das Wahrnehmen von Magie ähnlich wie das Spüren von Drachen war, müsste sie sich in einem Umkreis von ein paar hundert Fuß der Person befinden. Ihr Magen knurrte, obwohl sie nicht sicher war, ob es vom Hunger kam. Sie war nervös, und ihre Handflächen wurden schweißig.

Ich will das einfach nur hinter mich bringen, dachte sie, als sie langsam die Kutschenstufen hinunterging. Sie bemerkte, dass die Hitze nicht so schlimm war. Es war zwar immer noch heiß, aber die Luft hatte eine Schwere, an die sie nicht gewöhnt war. Sie warf einen Blick auf Lord Klodian und fragte sich erneut, warum er so einfach gekleidet war.

»Sprich mit niemandem«, sagte Klodian. »Und lauf nicht weg. Wir bleiben die ganze Zeit zusammen. Wenn du etwas Verdächtiges siehst, sag Bescheid. Ich mag zwar aufmerksam sein, aber ich kann nicht jede Gefahr wahrnehmen. Meine Runen sind auf diese Entfernung nicht so stark, und ich würde Ärger lieber vermeiden.«

»Ja, mein Lord.«

Klodian sah sie an. »Nenn mich Ardit«, sagte er. »Ich möchte nicht, dass jemand erkennt, dass ich ein Herrschaftslord bin, sonst werden sie alle mit ihren Bitten und Wünschen zu mir kommen.«

»Wie Ihr sagt, mein L-« Mina stockte. »Ardit.«

Ardit war sein Vorname, aber Mina hatte noch nie jemanden gehört, der ihn so nannte. Er wurde immer förmlich mit seinem Titel angesprochen, also würde es einige Zeit dauern, bis sie sich an etwas anderes gewöhnt hatte. Klodian deutete auf die Stadt.

»Karapen hat ein Viertel, wo magische Gegenstände verkauft werden, Amulette und dergleichen. Wir werden dort anfangen und uns durch die Stadt arbeiten. Mit etwas Glück werden wir deine Fähigkeit schnell bestimmen können und können wieder aufbrechen. Ich mag diese Kleidung nicht besonders, und ich bin nicht gern so weit von zu Hause entfernt ohne eine Armee.«

»Ich werde mein Bestes geben«, sagte Mina.

Klodian ging voran, seine beiden Wachen flankierten ihn zu beiden Seiten. Mina ging hinter ihnen her und bestaunte mit großen Augen all die fremden Anblicke. Sie kamen an Zelten in allen Größen und Farben vorbei, und die Waren, die darin verkauft wurden, reichten von Waffen und Rüstungen bis hin zu leuchtenden Teppichen und kunstvollen Wandteppichen.

Einige der Händler riefen ihr in der gemeinsamen Sprache zu, aber viele von ihnen sprachen in Sprachen, die sie noch nie gehört hatte. Sie gingen weiter die Hauptstraße entlang, die aus festgetretener Erde bestand, die durch die Nutzung verdichtet worden war. Seitenstraßen zweigten in verschiedene Richtungen ab, aber Klodian führte sie geradeaus weiter, bis sie eine große Kreuzung erreichten. Er führte sie nach links, und Mina bemerkte, dass hier deutlich weniger Fußgänger unterwegs waren.

Sie erkannte sofort warum.

Die Zelte und Stände in dieser Straße waren für Menschen, die nach magischen Gegenständen suchten. Überall gab es Tränke, Amulette und Zauberbücher, und die Menschen, die sie verkauften, waren genauso faszinierend. Einige der Händler hatten seltsame Zeichen in ihre Haut tätowiert, während andere verschiedene Piercings im Gesicht trugen. Trotz ihres Aussehens hatte Mina keine Angst. Sie war eher neugierig als alles andere, und in ihrem Kopf formten sich zahlreiche Fragen.

»Spürst du etwas?«, fragte Klodian leise und sah zu ihr zurück.

Mina schüttelte den Kopf. Die Schuppe zeigte keinerlei Wirkung, und ihr war weder schlecht noch übel. Je weiter sie die Straße hinuntergingen, desto seltsamer wurden die angebotenen Waren. Tote Tiere, Talismane aus Knochen und Zähnen und viele andere Dinge, die Mina nicht erkannte. Ein Gefühl von Dunkelheit legte sich über sie, und sie blickte sich ängstlich um.

»Mein He... äh, Ardit?«

»Ja, Mädchen?«

»Ich mag diesen Ort nicht. Er fühlt sich... böse an.«

»Das kann ich mir vorstellen. Diese Leute praktizieren Schattenmagie. Sie ist wie die anderen Arten verboten, aber Schattenmagie ist besonders gefährlich. Um sie zu nutzen, muss der Zaubernde einem Lebewesen das Leben nehmen, um ihre Zauber zu wirken.«

»Sie töten Menschen?«

»Ja, und Tiere. Sie sind ein böses Volk.«

Mina konnte spüren, wie sich die Dunkelheit um sie herum schloss, eine schwere Last, die versuchte, sie zu ersticken. Sie schluckte schwer und blieb dicht bei Klodian und seinen Wachen, aber das ließ sie sich auch nicht sicherer fühlen. Ihr Herz begann zu rasen, und ...

Ihre Augen schossen nach rechts. Sie konnte etwas spüren, aber es war nicht das seltsame Gefühl, das sie in Slia gehabt hatte. Nein, dies war ein vertrautes Gefühl, eines, das sie nur zu gut kannte. Sie konzentrierte sich auf das Ziehen. Es kam von der anderen Seite der Zelte, nah, aber nicht zu stark. Es musste ein junges sein, jünger als alle, die sie je gespürt hatte.

Mina drängte sich an den Wachen vorbei und übernahm die Führung. Klodian stellte keine Fragen. Er folgte ihr einfach und beschleunigte seine Schritte, um mit ihr Schritt zu halten. Das Ziehen führte sie nach rechts, aber sie konnte wegen der vielen Zelte nichts sehen. Sie eilte zum Ende der Straße und bog um die Ecke. Ein riesiges grün-gelbes Zelt zog ihre Aufmerksamkeit auf sich.

Das war es.

Sie vergewisserte sich, dass Klodian und die Wachen noch bei ihr waren, und Klodian nickte ihr zu. Er legte seine Hand auf den Griff seines Schwertes, und die Wachen taten es ihm gleich. Mina wandte sich wieder dem Zelt zu. Obwohl es riesig war, schien es nicht groß genug zu sein, um einen Drachen zu beherbergen. Es musste tatsächlich sehr jung sein, wenn es in diesem Raum Platz fand. Mina zögerte am Eingang, ihr Herz hämmerte in ihren Ohren.

»Was ist es, Mädchen? Drache oder Magie?«

Mina packte den Zeltvorhang und zog ihn auf.

12

Als das Morgenhorn ertönte, war Caden bereits wach und vorbereitet.

Er war einer der Ersten, die aus der Kaserne stürmten und mit dem Morgenlauf um das Schloss begannen. Hauptmann Eduard hatte ihnen zehn Runden aufgetragen. Das hatte zunächst einfach geklungen, aber wie der gestrige Tag bewiesen hatte, war es viel schwieriger als gedacht. In der Mitte seiner zweiten Runde spürte er bereits, wie der Muskelkater wieder aufflammte.

Er hielt ein gleichmäßiges Tempo und versuchte, sich auf etwas anderes als den Schmerz zu konzentrieren. Seine Gedanken wanderten zu Lord Klodian, und er fragte sich, wie es dem Mann wohl ging. Klodian schien zäh zu sein, und Caden hatte die Geschichten gehört, wie er mehreren

Mordversuchen entkommen war. Was auch immer ihm gestern in Slia zugestoßen war, es schien kaum möglich, ihn lange außer Gefecht zu setzen.

Die Morgenluft war frisch und kühl. In wenigen Stunden würde die Sonne das Land mit ihrer unbarmherzigen Hitze überziehen. Vorerst genoss Caden die leichte Kühle. Er lag mindestens zwei Runden vor seinen Runesmänner-Kameraden, aber es war kein Wettkampf. Es ging um Ausdauer und Körpertraining. Als er seine letzte Runde beendete, hatte die Sonne die Kühle bereits vertrieben.

Caden betrat das Schloss zum Frühstück. Es gab keine Schlange, und er bekam frische Portionen Rührei, zwei mit Soße übergossene Brötchen und eine dicke Scheibe Schinken. Das dampfende Essen ließ ihm das Wasser im Mund zusammenlaufen, und er verschlang die Mahlzeit hungrig. Die anderen Runesmänner begannen, in den Speisesaal zu strömen, und Thais trug ihr Tablett zu seinem Platz und setzte sich neben ihn.

»Versuchst du, anzugeben oder was?«, fragte sie.

»Nein, wieso?«

»Frag ich nur so. Du hast nicht auf irgendjemanden gewartet, bevor du wie ein Hund auf Beutejagd losgestürmt bist.«

Caden lächelte. »Ich liebe es einfach, meinen Tag mit einem entspannenden Lauf zu beginnen, deshalb war ich so ungeduldig loszulegen.«

Thais sah ihn an, als wäre er verrückt, bis ihr sein Sarkasmus aufging. Sie verdrehte die Augen und schüttelte den Kopf.

»Oh, wir haben hier also einen Hofnarren. Toll.«

»Ich bin die ganze Woche hier«, sagte Caden.

»Du wirst länger als das hier sein, hoffe ich. Du planst doch nicht, bald zu sterben, oder?«

»Nein, natürlich nicht.«

Caden überlegte, ihr von seinem Plan zu erzählen, beschloss aber, den Mund zu halten. Anfangs hatte er angenommen, seine Trainingstage würden eine Qual werden und er würde für sich bleiben, ein einsamer Wolf im Rudel. Es war erst sein zweiter voller Tag als Runesmann, und er fühlte sich heimischer als seit langem.

Es war ein großartiges Gefühl, aber wenn er sich einen Namen machen wollte, müsste er trotzdem die Dominion wechseln. Er war hin- und hergerissen, was die Sache verwirrend machte. Sollte er bleiben wo er war und sich mit der Situation zufriedengeben, oder sollte er seinen Plan weiterverfolgen?

Er kannte die Antwort noch nicht.

Thais stürzte sich auf ihr Essen, wandte sich aber mit vollem Mund zu ihm.

»Du solltest Hauptmann Eduard zeigen, was du in Slia gefunden hast.«

Cadens Gesicht verzog sich verwirrt. »Warum?«

»Je mehr ich darüber nachdenke, desto überzeugter bin ich, dass da etwas Seltsames vor sich geht. Angeblich haben mehrere Drachen angegriffen, und als wir ankamen, gab es keine Spur von ihnen.«

»Was hat das mit dem Irit zu tun? Und außerdem war der Angriff ein paar Stunden vor unserer Ankunft. Das ist genug Zeit für die Kreaturen zu fliehen.«

»Hast du mir gestern Abend nicht zugehört? Irit ist hitzebeständig.«

»Und?«

Thais wollte sich gerade mehr Essen in den Mund schieben, hielt aber inne und starrte Caden ungläubig an.

»Du bringst diese Dinge wirklich nicht zusammen? Wenn jemand einen Schild oder eine Art Rüstung herstellen könnte, die gegen Drachenfeuer resistent ist, was glaubst du, würden sie damit machen? Drachen leichter erschlagen? Klar, vielleicht würde jemand wie Lord Klodian das tun. Aber jemand wie Lord Culver würde größer denken, mit Gier als Antrieb. Jemand wie Lord Culver würde einen Weg finden, Irit zu seinem Vorteil zu nutzen und Drachen zu zwingen, seinen Willen zu tun.«

Caden schwieg lange. Thais aß weiter, als hätte sie nicht gerade einen wilden Gedankensprung gemacht, was ihm Sorgen bereitete. Sie meinte das doch nicht ernst, oder?

»Du glaubst, dass jemand diesen Angriff auf Slia orchestriert hat? Jemand, der einen Weg gefunden hat, Drachen zu kontrollieren?«

»Ja.«

»Das kann nicht dein Ernst sein«, sagte Caden und lachte nervös. »Das ist absurdes Denken. Und es ist unmöglich.«

»Woher weißt du, dass es unmöglich ist?«, fragte Thais.

»So etwas ist noch nie passiert. Wenn es möglich wäre, hätte es sicher schon jemand herausgefunden, und wir würden Schlachten vom Drachenrücken aus führen. Denk mal drüber nach, Thais. Stell dir das wirklich vor. Jemand, der einen Drachen kontrolliert?« Er schnaubte. »Ich glaube, du hast zu viele Schläge auf den Kopf bekommen.«

»Du musst nicht glauben, was ich glaube, aber spotte nicht darüber. Wir mögen jetzt Freunde sein, aber ich werde dir trotzdem ordentlich den Hintern versohlen.«

»Tut mir leid, ich wollte dich nicht beleidigen. Aber... du glaubst das doch nicht wirklich, oder?«

Thais zuckte mit den Schultern. »Und wenn schon? Willst du mich jetzt verrückt nennen? Wirf mir ruhig Beleidigungen an den Kopf. Ich kann das ab. Ich habe ein dickeres Fell, als du denkst. Aber merk dir meine Worte: Wenn ich Recht habe und etwas Schlimmes passiert, liegt das alles bei dir. Ich sage nur, dass du Hauptmann Eduard zeigen solltest, was du gefunden hast. Ich werde ihm sagen, was ich vermute, und wenn er uns auslacht, dann liegt die Schuld bei ihm. Wenn nicht und ich Recht behalte, dann sind wir Helden.«

Caden konnte nicht glauben, was sie da sagte. Auf keinen Fall würde er irgendjemandem ihre Verschwörungstheorie erzählen, schon gar nicht Hauptmann Eduard. Sie würden beide wegen mentaler

Instabilität aus den Runesmännern ausgeschlossen werden.

»Wenn du das glaubst, bitte sehr, aber ich mache da nicht mit. Und mich trifft keine Schuld, selbst wenn du Recht haben solltest. Ich habe ein Stück Metall gefunden, nichts weiter. Wir sehen uns auf dem Übungsplatz.«

Caden verließ den Speisesaal und das Schloss und wandte sich zum Übungsplatz. Die Vorstellung, dass jemand Drachen für finstere Zwecke kontrollierte, war absurd. Wenn er es nicht besser wüsste, und vielleicht wusste er es nicht, würde er sagen, Thais *wäre* verrückt. Vielleicht stand sie unter Stress. Sie hatte gestern Abend ihre Vergangenheit erwähnt, und das waren tiefe emotionale Wunden. Der Tod eines Elternteils konnte jeden so beeinflussen.

Er wartete auf die anderen Runesmänner, damit sie mit dem Training beginnen konnten. Hauptmann Eduard war der Erste, der sich ihm auf dem Feld anschloss, und er nickte Caden anerkennend zu.

»Du hast dich gestern gut geschlagen«, sagte Eduard. »Lord Klodian so zu finden, muss erschreckend gewesen sein.«

»Ein wenig«, gab Caden zu. »Zuerst dachte ich, er wäre tot. Geht es ihm gut? Wir haben noch nichts von ihm gehört.«

»Ihm geht es gut. Er ist heute Morgen wegen persönlicher Angelegenheiten abgereist, wird aber heute Abend zurück sein.«

Eine Welle der Erleichterung durchströmte Caden. »Den Göttern sei Dank. Was ist mit ihm passiert?«

Eduard schüttelte den Kopf. »Niemand weiß es. Er wachte mitten in der Nacht auf, schwach und verwirrt. Die Ärzte fanden keine Wunden. Kein Gift in seinem System, nichts. Es ist ein Rätsel.«

»Das kann ich mir vorstellen. Ich bin froh, dass es ihm gut geht.«

Laute Stimmen erfüllten die Luft, als die anderen Runenkrieger sich dem Feld näherten. Eduard trat nahe an Caden heran und senkte seine Stimme.

»Du denkst vielleicht, du kommst damit durch, aber ich habe dich im Auge.«

»Herr?«, fragte Caden verwirrt.

»Es ist schon ein merkwürdiger Zufall, dass er allein war, als du ihn gefunden hast. Er erinnert sich kaum an etwas, und das Sklavenmädchen sagte, er war verschwunden, bevor sie es bemerkte. Das klingt alles sehr verdächtig für mich. Eine interne Angelegenheit, ausgeführt von einem

Verräter. Möglicherweise sogar zwei. Was weißt du darüber?«

»Nichts, Herr. Ich habe Ihnen alles gesagt, was ich weiß.«

»Das werden wir noch sehen. Wenn du mich anlügst, werde ich es herausfinden.« Eduard wandte sich zu den anderen Runenkriegern. »Aufstellung!«, rief er. »Heute wird gekämpft!«

Caden starrte den Hauptmann an. Dachte er etwa, dass Caden Lord Klodian etwas angetan hatte? Das war noch absurder als Thais' Theorie. Als hätten seine Gedanken sie herbeigerufen, marschierte Thais herüber und stellte sich mit finsterem Gesicht neben ihn in die Reihe. Er schloss die Augen und seufzte.

Nicht nur war Thais sauer auf ihn, sondern Eduard verdächtigte ihn auch noch eines Verbrechens, das er nicht begangen hatte. Vielleicht war die Versetzung in eine andere Domäne doch keine so schlechte Idee.

13

»Willkommen! Kommt herein, kommt herein!«

Die fröhliche Stimme kam von einem großen, dunkelhäutigen Mann, der in der Mitte des Zeltes stand. Er grinste breit und bedeutete Mina einzutreten. Sie schaute sich im Zelt um und entdeckte die Quelle der Anziehung. Es *war* tatsächlich ein Drache, aber es war der kleinste, den sie je gesehen hatte. Er lag zusammengerollt auf einem Teppich, hob jedoch seinen messingfarbenen Kopf und starrte sie an, als sie eintrat.

Lord Klodian und einer der Wachen folgten ihr, und sie vermutete, dass der andere draußen Wache hielt. Klodian blickte zuerst zum Drachen, dann zum Händler. Mina war verwirrt. Der dunkelhäutige Mann schien keine Angst vor der Bestie zu haben.

112

Sie war zwar etwa so groß wie ein Pferd, aber trotzdem... es war ein Drache.

»Ihr sucht nach Gewürzen, ja? Ich habe viele zur Auswahl.«

Der Mann deutete auf die Regale im Zelt. Die Regale waren voll mit Glasgefäßen, die verschiedenfarbige Gewürze enthielten.

»Ja, wir sind wegen der Gewürze hier«, antwortete Lord Klodian. »Gareth, würdest du mir etwas Zimt besorgen?«

»Es sollte Zimt in dem Regal dort sein«, sagte der Händler und zeigte auf das Regal an der rechten Wand.

Klodian nickte zum Drachen hinüber. »Ich habe noch nie einen wie diesen gesehen.«

»Ah ja. Draak ist nicht aus dieser Domäne. Ich habe ihn von jenseits der Grenze mitgebracht.«

»Ihr habt ihm einen Namen gegeben?« Klodian schien entsetzt.

»Ja. Er ist mein Haustier. Gebt Ihr Euren Haustieren etwa keine Namen, werter Herr?«

»Doch, aber Drachen sind keine Haustiere. In meiner Domäne töten wir Drachen. Sie sind hirnlose Kreaturen, die nur Zerstörung bringen.«

Mina hörte ihrem Gespräch zu, beobachtete aber auch neugierig den

Drachen. Er erwiderte ihren Blick und schnüffelte in der Luft.

»Drachen sind klüger als die Leute denken«, sagte der Händler. »Dieser hier kann sogar Kunststücke. Draak, komm her.«

Der Drache ignorierte ihn und starrte weiter Mina an. Der Händler schnippte mehrmals mit den Fingern, aber es half nichts.

»Bah! Sie können richtig störrisch sein, wenn sie wollen.«

Mina riss ihren Blick vom Drachen los und schaute zu Klodian.

»Wie viel für den Zimt?«, fragte er, als der Wachmann mit einem Glas zurückkam.

»Zwei Silberstücke, ohne geprägte Bilder. Ich muss sie in meiner eigenen Domäne ausgeben können.«

Klodian griff in einen Beutel an seinem Gürtel und holte die Münzen hervor. Er gab sie Mina, und sie ging hinüber und reichte sie dem Händler. Der Drache schnüffelte wieder in der Luft und knurrte sie an, ein tiefes Grollen in seiner Brust.

»Ach komm schon, Draak. Sie ist harmlos.«

Der Drache zischte und sprang auf seine Beine; die Flügel eng an den Körper gepresst.

Er rannte hinter eines der Regale und blieb dort.

»Seltsam«, sagte der Händler. »So habe ich ihn noch nie erlebt.«

»Wahrscheinlich mag er ihren Gestank nicht«, sagte Klodian und warf Mina einen Blick zu. »Danke für den Zimt.«

»Kommt jederzeit wieder!«

Sie verließen das Zelt und gesellten sich zu dem anderen Wachmann auf der Straße.

»Ist das das Einzige, was du hier spürst?«, fragte Klodian.

»Ja, mein Herr.«

Klodian warf ihr einen strengen Blick zu, und sie zuckte zusammen.

»Ja, Ardit.«

»Lass uns zur Sicherheit noch eine Runde drehen.«

Klodian führte Mina durch mehr Straßen, als sie zählen konnte, und irgendwann gab sie es auf, sich den Weg zu merken. Karapen war eine seltsame und faszinierende Stadt. Es gab hier mehr wunderbare Dinge und Menschen an einem Ort, als sie sich je vorgestellt hatte, aber sie spürte nichts außer dem Drachen, und das auch nur, wenn sie nah genug war, um den Zug von der Schuppe in ihrem Bein zu fühlen.

Nach mehreren Stunden wurde Klodian gereizt und beendete seinen Test. Sie hielten an einem Essensstand, wo er für alle ein Stück getrocknetes Fleisch kaufte, dann kehrten sie zur Kutsche außerhalb der Stadt zurück. Mina kaute an der Leckerei, die etwas zäh war. Sie war gewürzt und schmeckte gut, aber es brauchte einige Anstrengung, sie mit den Zähnen zu zerreißen.

Lord Klodian nahm das Glas mit Zimt von dem Wachmann und warf es zu Boden. Das Glas zersplitterte und der Zimt verteilte sich im Sand. Mina wagte einen Blick zu ihm und fragte sich, warum er das getan hatte.

»Dieser Mann ist ein Narr, wenn er glaubt, dass der Drache ihn nicht bei der ersten Gelegenheit fressen wird. Könnt ihr glauben, dass er behauptet hat, sie seien intelligent?«

Die beiden Wachen kicherten. Mina lächelte und stimmte insgeheim zu, dass die Worte des Mannes schwer zu glauben waren.

»Zurück zur Burg«, sagte Klodian. »Das war eine Zeitverschwendung.«

Sie stiegen in die Kutsche und begannen die Reise zurück zur Klodian-Festung. Je weiter sie sich von Karapen entfernten, desto unruhiger wurde Mina. Sie schaute aus dem Kutschenfenster, aber es war nichts zu sehen.

Aber sie *fühlte* es.

Es war ein Drache in der Nähe, und es war nicht derselbe wie aus der Stadt. Jeder hatte ein einzigartiges Gefühl, und sie hatte noch nie zweimal denselben gespürt. In all den Jahren, in denen sie Klodian auf seine Jagden führte, hatte er nie versagt, einen Drachen zu töten. Sie wusste, dass es an seiner Runenmagie lag. Da er die Kraft seiner Soldaten nutzen konnte, neben anderen Eigenschaften, war er stärker und schneller als seine Beute.

Und doch hatten sie trotz der vielen Drachen, die durch seine Klinge gefallen waren, noch nicht den gefunden, der sie verflucht hatte. Zumindest hoffte sie das. Wenn der Drache bereits getötet worden war, bedeutete das, dass sein Fluch seine Existenz überdauert hatte. Und Mina konnte den Gedanken nicht ertragen, ihr ganzes Leben lang eine Sklavin zu sein.

»Mein Herr«, sagte sie und hielt den Blick aus dem Fenster gerichtet. »Es ist ein Drache in der Nähe.«

Klodian neigte den Kopf, um aus dem Fenster zu schauen.

»In welcher Richtung?«

»Ich bin mir nicht sicher. Es fühlt sich an, als wäre er direkt über uns. Vielleicht kann ich es besser orten, wenn wir anhalten.«

Klodian schwieg einen Moment. »Nein. Wir sind noch zu weit von der Burg entfernt, als dass die Magie wirksam wäre. Ich habe auch meine Plattenrüstung nicht dabei. Dieser hier kann sich glücklich schätzen.«

Mina runzelte enttäuscht die Stirn. Wenn Lord Klodian nur nicht einer der wenigen wäre, die Drachen jagten. Abgesehen von der Gefahr gab es nur eine Handvoll Domänenherren. Und da Runenmagie nur der herrschenden Klasse vorbehalten war, überwog das Risiko den Nutzen für die meisten Menschen bei weitem. Das war zumindest Minas Meinung.

Der Zug der Schuppe begann zu verblassen, und Mina suchte erneut den Himmel ab. Diesmal sah sie etwas. Eine riesige dunkle Gestalt schoss durch den Himmel nach Westen. Mina schaute ihr nach, bis sie nicht mehr zu sehen war, die Stirn in Falten gelegt.

Sie hatte noch nie einen schwarzen Drachen gesehen.

14

»Ich möchte sehen, was ihr drauf habt«, sagte Kapitän Eduard mit vor der Brust verschränkten Armen. Er musterte die Reihe der Runenkrieger.

»Es ist eine Sache, im Training mit dem Schwert herumzufuchteln, und eine andere, gegen einen echten Feind zu kämpfen. Heute werdet ihr euch zu Paaren zusammenfinden und gegeneinander antreten. Ich möchte, dass ihr nichts zurückhaltet, aber tötet euren Partner nicht. Ein paar Schnitte und Schrammen können behandelt werden und heilen. Wenn ihr euren Partner tödlich verwundet, werdet ihr bestraft und an den Galgen geschickt. Das will ich nicht, und das sollte auch keiner von euch wollen.«

Caden hatte einiges Geschick mit der Klinge, war aber bei Weitem nicht der Beste. Er war begierig darauf, von jemandem mit mehr Expertise zu lernen. Das würde ihn nicht nur zu einem besseren Krieger machen, sondern ihm auch helfen, falls er in ein Dominion versetzt würde, wo er viele Schlachten sehen würde.

»Thais, du kämpfst gegen Caden.«

Eduard warf Caden kurz einen Blick zu, bevor er die Reihe weiter abschritt. Caden verstand den Wink, aber er würde sich nicht von Thais besiegen lassen. Er zog sein Schwert und trat einige Schritte zurück, schwang die Klinge ein paarmal, um seine Muskeln zu lockern.

Thais zog ihr Schwert, ein finsterer Blick lag auf ihrem Gesicht. Sie sah genauso aus wie neulich, als er sie kennengelernt hatte. Er hatte sich bereits entschuldigt. Was wollte sie noch?

»Ich hoffe, es macht dir nichts aus, ein paar Narben im Gesicht zu haben«, sagte sie überheblich.

Caden stöhnte innerlich. Er war zwar nicht eitel, aber das bedeutete nicht, dass er in so jungen Jahren wie ein Kriegsveteran aussehen wollte. Ohne Vorwarnung stürmte Thais auf ihn zu und führte ihr Schwert in einer Überkopfbewegung nach unten. Caden wich zur Seite aus und drehte sich, um sie zu treffen, aber sie hatte sich bereits korrigiert und parierte seine Klinge. Metall klirrte laut, als ihre Schwerter aufeinandertrafen, und beide traten voneinander weg.

»Ich habe gesagt, dass es mir leid tut«, sagte Caden. »Ich wollte deine Gefühle nicht verletzen.«

Thais lachte. »Oh, du dachtest, du hättest meine Gefühle verletzt? Bitte. Ich habe keine!«

Sie stürmte erneut auf ihn zu, aber diesmal war Caden vorbereitet. Er hob sein Schwert waagerecht und blockte ihren Angriff. Er ließ zu, dass ihr Schwung seine Klinge nach unten drückte, aber im letzten Moment drehte er sein Handgelenk, wodurch sie sich weit nach vorne lehnen musste. Die Spitze ihres Schwertes traf den Boden, und Caden stieß vor, seine Klinge auf ihren Brustkorb gerichtet. Sie war durch ihre Rüstung geschützt, aber er hatte einen Treffer gelandet.

Thais knurrte und riss ihr Schwert hoch, hieb nach ihm. In ihren Augen lag Wut, und Caden fürchtete, dass ihr Zorn ihr besseres Urteilsvermögen überlagern könnte. Sie prallte gegen ihn, und im nächsten Moment lag er flach auf dem Rücken. Verwirrt starrte er zu ihr hoch und fragte sich, wie er auf dem Boden gelandet war.

»Sehr gut, Thais«, lobte Kapitän Eduard. Er stand über Caden und bot ihm seine Hand an. Caden ergriff sie und wurde auf die Füße gezogen.

»Weißt du, warum Thais dich zu Boden geworfen hat?«

»Weil sie in mich hineingerannt ist?«

»Ja und nein«, sagte Eduard. »Das ist *wie* sie dich zu Boden geworfen hat, aber nicht warum. Sie ist ungestüm. Sie sah eine Lücke und nutzte sie, aber es gibt einen Unterschied zwischen kalkuliertem Risiko und Leichtsinn. Du hättest ihrem Weg ausweichen können, aber du bist stehen geblieben. Warum?«

»Ich dachte nicht, dass sie so hart zuschlagen könnte«, antwortete Caden.

»Du hast deinen Gegner unterschätzt. Wäre dies eine echte Schlacht gewesen, wärst du wegen dieses Fehlers tot. Man bringt uns von klein auf bei, dass Fehler schlecht sind, und wir werden dafür bestraft. Merke dir: Fehler sind nur dann schlecht, wenn du nichts daraus lernst. Oft ist das Machen von Fehlern der beste Weg zu lernen.«

Eduard beugte sich zu Caden und senkte seine Stimme.

»Thais ist geschickt und nutzt ihre Wut zu ihrem Vorteil, aber sie hat auch Schwächen. Finde sie und geh ein Risiko ein.«

»Ja, Sir.«

Eduard trat mehrere Schritte zurück.

»Noch einmal.«

Caden und Thais umkreisten einander erneut, aber diesmal fühlte sich Caden weniger vorbereitet. Vor wenigen Augenblicken hatte Eduard ihn des Verrats beschuldigt, und jetzt gab er ihm hilfreiche Ratschläge. Der Mann war genauso verwirrend wie Thais. Caden klärte schnell seinen Geist und zählte lautlos bis drei, dann stürmte er auf Thais zu. Sie lächelte ihn an, und bevor er sein Schwert zum Schlag heben konnte, wich sie zur Seite aus und schlug ihm die flache Seite ihrer Klinge gegen den Oberschenkel. Stechender Schmerz schoss durch sein Bein. Er knirschte mit den Zähnen und wirbelte herum, um ihr gegenüberzustehen.

»Du bist so vorhersehbar«, verspottete sie ihn.

Caden ignorierte ihre Worte. Er konnte spüren, wie Eduard ihn beobachtete, beurteilte. Bereute er seine Entscheidung, Caden als Runenkrieger zuzulassen? Bei den Göttern, hoffentlich nicht. Dies war sein einziger Weg zu Geld und Ruhm, aber Lord Klodians Armee war letztendlich nur ein Sprungbrett zu seinem eigentlichen Ziel. Er konnte es sich nicht leisten, auf diesem Stein zu stolpern.

»Du redest zu viel«, sagte Caden und verringerte langsam den Abstand zwischen ihnen.

Thais wartete nicht, bis er nah genug herangekommen war. Sie stürmte auf ihn zu und schwang ihr Schwert in einer Aufwärtsbewegung. Caden lenkte den Schlag mit seiner Klinge weit nach außen ab, ging dann in die Hocke und rammte den Griff gegen ihre Knieside. Sie schrie überrascht auf und fiel zu Boden.

»Wie war das mit vorhersehbar?«, fragte er, als Thais sich auf den Rücken rollte.

Sie warf ihm einen wütenden Blick zu und rieb ihr Knie. Caden wusste, dass sie zornig war. Sie hatte seinen Zug nicht vorausgesehen, und sie hasste es zu verlieren. Er bot ihr seine Hand an, wie Eduard es bei ihm getan hatte, aber sie schlug sie weg und stand alleine auf.

»Zwei aus drei«, schnappte sie.

»Von mir aus«, erwiderte Caden.

Er neigte seinen Kopf von einer Seite zur anderen, um seinen Nacken zu dehnen. Aus diesem Sieg war nichts zu gewinnen. Wenn überhaupt, würde es Kapitän Eduard zeigen, dass er etwas gelernt hatte. Thais würde über die Niederlage nicht glücklich sein, aber daran ließ sich nichts ändern. Sie starrte ihn an, und er starrte zurück, ihre Blicke ineinander verhakt.

Gleichzeitig rannten sie aufeinander zu. Ihre Klingen krachten zusammen und sie begannen einen Tanz aus Fußarbeit, hektischen Stichen und Schwüngen. Caden legte alles in seine Manöver, setzte jeden Funken Kraft, Geschwindigkeit und mentale Konzentration in den Kampf ein.

Er war ihr nicht ebenbürtig. Nein, sie war geschickter als er, aber er konnte sich gegen sie behaupten bis zum allerletzten Moment, als er die Schwäche sah, von der Eduard ihm erzählt hatte. Hätte sie auch nur die leiseste Ahnung von seinen Gedanken gehabt, hätte sie ihn leicht blocken und gewinnen können. Und wenn nicht, würde er als Sieger hervorgehen. Er hielt sie mit seinen Stößen beschäftigt, aber seine Muskeln brannten und seine Ausdauer ließ nach. Eduard hatte ihm gesagt, er solle ein Risiko eingehen. Es war jetzt oder nie. Caden wartete, bis er sah, wie Thais sich überstreckte, als sie mit ihrer Klinge nach ihm stach, dann schlug er ihr Schwert nach oben und trat schnell vor. Er ging tief und rammte seine Schulter in ihren Bauch.

Sie stöhnte überrascht und vor Schmerz auf, und sein Schwung brachte sie aus dem Gleichgewicht. Sie taumelte rückwärts und fiel mit einem lauten Aufprall zu Boden. Er setzte seinen Fuß auf ihre Brust, nagelte sie fest und platzierte die Spitze seines Schwertes an ihren Hals.

»Gibst du auf?«, fragte er.

Ihre Augen füllten sich mit Tränen, aber er bezweifelte, dass es aus Verlegenheit war. Sie war hart gefallen und er war sicher, dass sie Schmerzen hatte. Sie keuchte ihre Antwort, was ihn zum Sieger ihres Kampfes machte. Er nahm sein Schwert weg und drehte sich zu Hauptmann Eduard um. Die anderen Runesmänner hatten sich versammelt, um ihren Kampf zu beobachten, und sie begannen zu jubeln.

»Sie haben ein Risiko auf sich genommen«, sagte Eduard. »Sie bot eine Lücke und Sie haben sie genutzt. Sie hätte Sie haben können.«

»Ich weiß. Ich hatte Angst, dass meine Augen mich verraten würden, aber sie war zu sehr von Emotionen überwältigt. Das spielte mir in die Hände.«

»Gratulation. Sie haben heute etwas Neues gelernt.«

Eduard drehte sich zu den anderen um. »Die Show ist vorbei. Zurück an die Arbeit!«

Die Runesmänner kehrten zum Übungskampf zurück, und Caden sah zu Thais. Sie stand jetzt auf den Beinen und steckte ihre Klinge in die Scheide. Sie humpelte zu ihm herüber und klopfte ihm auf die Schulter.

»Ich bin beeindruckt«, sagte sie. »Du hast mich fair geschlagen, aber das wird nicht noch einmal passieren.«

»Werden wir sehen«, erwiderte Caden.

»Ja, das werden wir.« Thais senkte ihre Stimme. »Ich denke immer noch, du solltest ihm sagen, was du gefunden hast.«

»Das werde ich nicht.«

»Wie du meinst.« Thais zuckte mit den Schultern. »Es ist deine Beerdigung, wenn ich Recht habe.«

Sie machte sich auf den Weg zur Kaserne, und während sie davonhumpelte, fühlte sich Caden schuldig, dass er sie so hart am Knie getroffen hatte, aber wenn er an die Wut dachte, die er in ihren Augen gesehen hatte, wusste er, dass sie dasselbe getan hätte.

Wenn nicht Schlimmeres.

15

Eine Woche war seit dem Angriff auf Slia vergangen.

Lord Klodian war genauso besessen von Rache wie am Tag des Geschehens, und Mina fühlte sich am Rande der Erschöpfung. Jeden Tag seit dem Vorfall hatte Klodian sie auf seine Jagden mitgenommen. Sie durchsuchten die Wüstenplateaus, durchkämmten die verborgenen Höhlen und streiften stundenlang durch die trockene Landschaft.

Zugegeben, Klodian hatte in den letzten Tagen mehr Drachen getötet als im ganzen letzten Sommer, aber Mina war müde. Ihre Haut war so stark sonnenverbrannt, dass sie Blasen geworfen hatte, und wenn sie schwitzte, sammelte sich das Wasser unter ihrer Haut und ließ sie sich wie ein Monster fühlen.

Sie kehrten jeden Abend rechtzeitig zum Abendessen zurück, und dieser Abend war keine Ausnahme. Da sie den ganzen Tag mit der Jagd verbrachten, verlangte Klodian nicht von ihr, ihre üblichen Pflichten zu erfüllen. Die Abende gehörten ihr, und sie verbrachte sie auf dem Feld vor der Burg, wo sie in die Sterne starrte.

Mina lag im trockenen Gras, ihr Magen war voll. Sie wollte ruhen, aber aus irgendeinem Grund blieb der Schlaf aus. Sie hatte viel im Kopf, und alles verfolgte sie, während sie dort in der nächtlichen Stille lag. Ferne Erinnerungen, Hoffnungen und Albträume überschlugen sich. Das Zirpen irgendeines Tieres in der Ferne drang in ihre Ohren und brachte Wahnsinn und die verzweifelte Sehnsucht mit sich, es verstummen zu lassen.

Über ihr war der Nachthimmel klar, und die Sterne funkelten hell. Sie verfolgte das Sternbild Avera mit ihren Augen und fragte sich, wer wohl als Erster die menschliche Gestalt in den Sternen erkannt hatte. Avera war die Göttin des Glücks, und Mina hatte in ihrer Jugend oft zu ihr gebetet. Das war, bevor sie die Wahrheit kannte, dass es keine Götter gab. Oder wenn es sie gab, kümmerte sie das Schicksal der Menschen wenig. Das

Geräusch sich nähernder Schritte unterbrach ihre Träumerei, und sie hob den Kopf, um Caden zu sehen.

»Wieder eine ruhige Nacht«, sagte er leise. »Und wieder eine ruhige Schicht.«

Er setzte sich neben sie und lehnte sich zurück, stützte sich auf seine Arme. Er schaute in den Himmel, und sie betrachtete sein Gesicht. Er war ein gutaussehender Mann, aber sie wusste, dass Thais ihn begehrte. Es war offensichtlich an der Art, wie sie sich in seiner Nähe verhielt. Mina störte das nicht. Sie wollte ihre Freiheit von der verfluchten Schuppe, und der Wunsch nach Romantik würde ihre Aufmerksamkeit nur von dem ablenken, was wichtig war.

Sie betrachtete ihn allerdings als Freund. Sie hatte nie viele Freunde gehabt, zumindest nicht seit ihrer Kindheit. Vor ihrem Unfall hatte sie einige Freunde. Sobald sich die Nachricht von der Schuppe in ihrem Bein verbreitete, wurde sie von allen gemieden. Mina fand es schwieriger als in ihrer Erinnerung, eine Freundschaft zu pflegen, aber sie wusste, dass Caden nicht vorhatte, in der Thophate-Dominion zu bleiben.

»Zweifelst du jemals an dir selbst?«, fragte Mina.

»Ständig«, antwortete Caden. »Warum?«

»Ich weiß nicht. Ich frage mich wohl nur, ob ich die Einzige bin, die das tut.«

Caden lachte und drehte sich zu ihr um. »Jeder fragt sich irgendwann, ob er auf dem richtigen Weg ist. Niemand ist perfekt.«

»Manche Menschen erwecken den Eindruck, als hätten sie alles geplant und ihr Leben wäre perfekt. Wie du.«

»Ich? Mein Leben ist alles andere als perfekt.«

»Ist es das nicht? Dein Traum war es, ein Runenmeister zu werden, und das bist du jetzt.«

»Ja, aber es hat viel Mühe gekostet, hierher zu kommen. Und Runenmeister zu sein ist nur ein Teil von dem, was ich will. Ich will reich sein. Ich will, dass die Leute meinen Namen kennen, aber nicht wegen etwas Schlechtem, sondern weil sich ein einfacher Bauer aus der Armut zu Größe emporgearbeitet hat. Dafür muss ich allerdings am Leben bleiben.«

»Ich habe dich kämpfen sehen«, sagte Mina. »Du bist sehr gut.«

»Für das ungeschulte Auge vielleicht.« Caden lächelte. »Ich bin nicht einmal einer der Besten mit dem Schwert in meiner Gruppe, geschweige denn in der ganzen Armee.«

»Und trotzdem wurdest du so schnell zum Wachdienst eingeteilt.«

»Nur wegen der Umstände. Lord Klodian hat vier Patrouillen verloren. Sie sind spurlos verschwunden, und Die Langen Sande sind ein großer Ort. Wir können nicht nach ihnen suchen, ohne zu riskieren, noch mehr Männer zu verlieren.«

»Was glaubst du, ist mit ihnen passiert?«

»Keine Ahnung«, erwiderte Caden. »Vielleicht sind sie übergelaufen, aber ich bezweifle es. Es gab in letzter Zeit viele Sandstürme, deshalb glaubt Hauptmann Eduard, dass sie sich verirrt haben. Wenn sie in ein paar Tagen nicht zurück sind, wird Lord Klodian sie für tot erklären. Ohne Wasser ist es unmöglich, dort draußen zu überleben.«

Mina fand das Verschwinden der Patrouillen zwar merkwürdig, aber da es sie nicht betraf, hatte sie nicht weiter darüber nachgedacht. Lord Klodian schien es auch nicht sehr zu beschäftigen, da sein Fokus auf der Drachenjagd lag.

»Hast du je einen Drachen gesehen?«, fragte sie.

»Nein. Und ich glaube, das will ich auch nicht.«

Sie konnte es ihm nicht verübeln. Sie waren wild, und jede Kreatur, die Feuer speien konnte, schien keine natürliche Schöpfung zu sein.

»Wann glaubst du, wirst du in eine andere Dominion gehen?«

Caden zuckte mit den Schultern. »Hauptmann Eduard denkt, ich hätte etwas damit zu tun, dass Lord Klodian nach dem Angriff in Slia bewusstlos war. Bis ich beweisen kann, dass ich es nicht war und sein Vertrauen gewinne, ist es wahrscheinlich klüger, das nicht zu erwähnen.«

»Das wusste ich nicht. Warum denkt er, dass du es warst?«

»Ich habe ihn als Erster gefunden, deshalb findet er es verdächtig. Wenn Thais und ich uns nicht getrennt hätten, wäre es wahrscheinlich kein Problem. Jedenfalls werde ich so hart wie möglich arbeiten, um meine Loyalität zu beweisen. Lord Klodian scheint ein guter Mann zu sein, aber hier in der Wüste werde ich nicht finden, wonach ich suche.«

»Es gibt einen Weg«, sagte Mina. »Aber dafür muss man Drachen töten.«

»Nein danke. Ich bevorzuge die Chancen gegen andere Menschen, nicht gegen übergroße lebende Kessel. Vielleicht, wenn dir etwas weniger Gefährliches einfällt, überleg ich es mir.«

Jetzt war es an Mina zu lachen. Das tat sie oft in Cadens Gegenwart, was auch etwas war, woran sie sich erst gewöhnen musste.

»Du willst vielleicht keinen Drachen sehen, aber wie wäre es mit einem Drachenhorn?«

»Warum sollte ich ein Drachenhorn sehen wollen?«

»Ich habe eine Sammlung. Lord Klodian schneidet von jedem Drachen, den er tötet, einen ab und gibt ihn mir. Er weiß, dass ich sie hasse, und ich glaube, auf seine kleine Art ist das ein Zeichen der Freundlichkeit von ihm.« Sie erwähnte nicht, dass es die *einzige* Freundlichkeit war, die er ihr zeigte.

»Wo bewahrst du sie auf?«

»Unter meinem Bett«, antwortete Mina.

»Du weißt schon, dass Runenmeister außer zu den Mahlzeiten nicht im Schloss erlaubt sind, oder?«

»Tut mir leid, es war dumm von mir zu fragen.«

»Entschuldige dich nicht«, sagte Caden. »Es ist nicht dumm. Ich würde sie sehr gerne sehen, aber ich möchte die Regeln nicht brechen. Könntest du sie hier rausbringen?«

»Nein, die Truhe, in der ich sie aufbewahre, ist zu schwer. Vergiss es einfach. Ich will nicht, dass du in Schwierigkeiten gerätst.«

Die Stille dehnte sich zwischen ihnen aus, bis Caden schließlich sprach.

»Ich gehe rein, wenn du es wirklich willst.«

Es war nicht das, was er sagte, sondern *wie* er es sagte, das Minas Herz schneller schlagen ließ. Sie wollte ihm nur ihre Sammlung zeigen, aber der Ton in seiner Stimme entfachte ein Feuer unter ihrer Haut, das sie nicht erklären konnte. Sie wusste, dass es keine gute Idee war, aber vielleicht würde er nicht erwischt werden, wenn sie es ihm schnell zeigte. Die Diener würden noch bei der Arbeit sein, also wäre noch niemand im Zimmer. Mina stand auf und winkte ihm zu.

»Lass uns gehen.«

16

Caden folgte Mina ins Schloss und duckte sich in Türöffnungen und Seitengänge, als sie an noch arbeitenden Bediensteten vorbeikamen. Er trug zwar keine Rüstung und es war dunkel, aber er wollte kein Risiko eingehen. Wenn ihn jemand erkennen und Hauptmann Eduard oder schlimmer noch - Lord Klodian - informieren würde, würde er sicher wieder ausgepeitscht werden. Die Wunden würden zwar heilen, aber auf den Schmerz konnte er verzichten. Nach der Durchquerung zahlreicher labyrinthartiger Gänge wurde er zunehmend unruhig.

»Wie weit noch?«, flüsterte er.

»Nicht mehr weit. Es ist gleich um die Ecke. Bleib hier und lass mich nachsehen, ob die Luft rein ist.«

Mina verschwand aus seinem Blickfeld und er schaute den Weg zurück, den sie gekommen waren. Je länger er sich im Schloss aufhielt, desto mehr fürchtete er, erwischt zu werden. Schritte hallten von den Wänden wider, aber er wusste nicht, aus welcher Richtung sie kamen. Caden trat in eine dunkle Türöffnung und verhielt sich still.

Eine Dienerin kam um die Ecke, wo Mina verschwunden war. Die Frau trug eine Kerze auf einem kleinen Teller und ging vorbei, ohne ihn zu sehen, den Gang hinunter, ihre Schritte verhallten. Einen Moment später kam Mina zurück.

»Tut mir leid«, sagte sie leise. »Kera war dort drin, also habe ich ihr gesagt, dass sie in der Küche gebraucht wird. Hoffentlich geben sie ihr Arbeit, aber sie könnte bald zurück sein. Wir haben wahrscheinlich nicht viel Zeit. Komm mit.«

Mina führte ihn um die Ecke in einen großen Raum voller Betten. Am Ende jedes Bettes stand eine große Truhe, in der vermutlich persönliche Sachen aufbewahrt wurden. Die Einrichtung ähnelte sehr der Kaserne, einschließlich der Fenster.

Mondlicht fiel in den Raum und spendete ausreichend Licht.

»Ich weiß nicht warum, aber ich dachte immer, die Bediensteten hätten alle eigene Zimmer«, sagte Caden.

»Wäre schön«, erwiderte Mina. »Es ist schwer zu schlafen, wenn so viele Leute gleichzeitig schnarchen.«

Mina ging zu einer Pritsche an der gegenüberliegenden Wand und kniete sich daneben. Sie beugte sich hinunter und griff unter das Bett, zog eine schlichte Holzkiste hervor. Sie war kleiner als die Truhe, aber immer noch von ansehnlicher Größe. Sie stand auf und hob die Kiste aufs Bett, öffnete den Deckel. Caden stellte sich neben sie und schaute hinein. Hörner in allen Größen lagen darin, alle ordentlich in Reihen gestapelt und alle von derselben Farbe.

»Das sind eine Menge toter Drachen«, sagte Caden.

»Ja, aber es sind noch nicht genug.«

»Wird es je genug sein?«

Mina schwieg einen Moment. Sie wandte ihm den Kopf zu. »Es wird genug sein, wenn dieser Fluch gebrochen ist.«

Caden war versucht zu fragen, was sie tun würde, wenn der Fluch nie aufgehoben würde, aber er wollte sie nicht verärgern. Sie schien stolz auf die Hörner zu sein. Irgendwie verstand er auch warum. Sie hasste Drachen leidenschaftlich, war aber auch für deren Tod mitverantwortlich. Lord Klodian mochte derjenige sein, der sie tötete, aber sie spielte eine große Rolle dabei, sie aufzuspüren.

»Haben Drachen nicht unterschiedliche Farben?«

»Ja«, antwortete Mina.

»Warum sind dann alle Hörner von derselben Farbe?«

Mina zuckte mit den Schultern. »Ich weiß nicht warum, aber die Farbe des Horns verblasst, sobald es abgetrennt wird. Es gibt aber einen Weg zu erkennen, welche Farbe der Drache hatte.« Sie nahm eines der Hörner und drehte das spitze Ende nach unten, zeigte die abgeschnittene Stelle. Sie war glatt, aber Caden bemerkte noch etwas anderes. Die Farbe im Inneren war golden.

»Das Innere ihrer Hörner spiegelt die Farbe ihrer Schuppen wider. Das hier war ein goldener Drache.«

»Wie viele Farben gibt es?«

»Fünf, von denen ich weiß. Gold, Silber, Bronze, Messing und Kupfer.« Mina hielt inne, und Caden hatte das Gefühl, sie wollte noch mehr sagen.

»Hast du Hörner von allen Farben?«

»Nein. Ich habe von jeder Farbe ein Horn außer von Kupfer. Kupferdrachen scheinen seltener zu sein als die anderen.«

»Du scheinst viel über sie zu wissen.«

»Es gibt nicht viel zu wissen, wirklich. Sie sind wild und ungezähmt wie jedes andere Tier, nur größer und gemeiner.«

»Na ja, ich bin froh, dass ich noch nie einen gesehen habe«, sagte Caden. »Ich stelle mir das erschreckend vor.«

»Sehr«, erwiderte Mina. »Ich habe nur wenige von ihnen gesehen. Sie verstecken sich meist in Höhlen, und Lord Klodian tötet sie, bevor ich sie überhaupt zu Gesicht bekomme. Der letzte, den ich sah, ließ meinen ganzen Körper zittern, und er hat mich nicht einmal angesehen.«

Caden kannte den Begriff dafür: Drachenfurcht. Es war ein überwältigendes Gefühl irrationalen Schreckens. Zumindest hatte man es ihm so erklärt. Es gab nicht viele, die einer Begegnung mit einem Drachen lebend entkamen.

»Was wirst du tun, wenn der Fluch aufgehoben ist?«, wechselte Caden das Thema.

»Lord Klodian wird keine Verwendung mehr für mich haben, also wird er mich entweder verkaufen oder mir meine Freiheit schenken. Ich habe die Investition, die er meinen Eltern gezahlt hat, mehr als zurückgezahlt. Wenn er mich verkauft, werde ich weglaufen, wahrscheinlich in eine neue Domäne gehen. Wer weiß, vielleicht lande ich ja in derselben, in die du versetzt wirst.« Sie lächelte.

Caden bezweifelte, dass Lord Klodian Mina ihre Freiheit schenken würde. Er würde sie wahrscheinlich verkaufen - an den Höchstbietenden und sie dann vergessen. Er hoffte, dass ihr, was auch immer geschah, kein Leid zugefügt würde. Es gab viele skrupellose Menschen in der Welt, und vielen von ihnen fehlte der Anstand, den Lord Klodian besaß. Caden kannte Mina nicht besonders gut, aber sie verdiente mehr vom Leben als eine Sklavin zu sein.

Mina begegnete seinem Blick und sie starrten sich schweigend an. Er fühlte sich zu ihr hingezogen, wie eine Motte zum Licht. Er fühlte sich auch zu Thais hingezogen, und er konnte spüren, wie sein Herz in ihm kämpfte. Beide Frauen waren schön, und seine Gefühle für jede waren anders, aber seine Emotionen waren ein verwirrendes Durcheinander.

Ohne viel nachzudenken, beugte er sich zu Mina und küsste sie. Ihre Lippen waren weich, und sie roch nach Staub und etwas Angenehmem, aber er konnte den Duft nicht einordnen. Sie erwiderte den Kuss nicht, und er fürchtete, er hätte eine Grenze überschritten. Er löste sich von ihr und lächelte trotz der Tatsache, dass sein Herz vor Nervosität raste.

»Gute Nacht«, sagte er, dann drehte er sich um und ging.

Er eilte den Gang hinunter und merkte schnell, dass er keine Ahnung hatte, wie er aus dem Schloss herauskommen sollte. Mina selbst schien sich unsicher gewesen zu sein, welche Gänge sie nehmen sollte, und es dauerte nicht lange, bis er sich verlaufen hatte. Es half auch nicht, dass er sich nicht darauf konzentrieren konnte, den richtigen Weg zu finden. Seine Gedanken waren bei Mina. Hatte er sie mit seinem Kuss beleidigt oder sie nur überrascht? Er hoffte inständig auf Letzteres.

Caden bog um eine Ecke und stieß mit der Dienerin zusammen, die er zuvor gesehen hatte. Mina hatte gesagt, sie hieße Kera. Sie machte einen Knicks und senkte den Blick zu Boden.

»Verzeihen Sie, mein Herr. Ich habe nicht aufgepasst, wohin ich gehe.«

Es fühlte sich seltsam an, so genannt zu werden. Er schenkte ihr sein bestes Lächeln und versuchte, nicht zu stottern.

»Das macht nichts. Ich versuche, im Innenhof frische Luft zu schnappen, aber ich habe mich wohl verlaufen. Können Sie mir den Weg weisen?«

»Natürlich, mein Herr. Ich zeige Ihnen den Weg.«

Kera navigierte mühelos durch das Labyrinth, und als sie die Speisehalle passierten, erkannte er seine Umgebung wieder.

»Ah, von hier aus kenne ich den Weg. Danke.«

»Selbstverständlich, mein Herr. Es war mir eine Ehre.«

Er wartete, bis sie weg war, dann flüchtete er hastig aus dem Schloss und atmete erleichtert auf, als er draußen war. Die Luft war kühl und er verlangsamte seinen Schritt. Als die Aufregung des Kusses nachließ, fühlte er sich schuldig. Es war nicht nur, dass er Mina ohne ihre Erlaubnis geküsst hatte, sondern er fühlte sich auch, als hätte er irgendwie Thais betrogen. Es war töricht von ihm, so zu fühlen, da er und Thais noch nicht einmal über ihre Gefühle gesprochen hatten, aber die Schuld quälte ihn trotzdem.

Die Kaserne war dunkel, als er eintrat, aber er konnte erkennen, dass die meisten seiner Kameraden noch wach waren. Caden erreichte seine Pritsche und legte sich hin, ohne seine Schuhe auszuziehen. Er schwebte irgendwo zwischen den Wolken der Gelassenheit und der Reue. Er sollte Thais erzählen, was er getan hatte. Sie würde wahrscheinlich wütend sein, aber sein Gewissen wäre rein. Die Wahrheit zu sagen war nie einfach, aber es war das Richtige.

Bevor er sich aufsetzen konnte, zog ein Tumult am Eingang seine Aufmerksamkeit auf sich. Hauptmann Eduard und zwei andere marschierten herein und schwenkten Fackeln.

»Wo ist Caden?«, verlangte Eduard zu wissen.

»Ich bin hier, Herr Hauptmann.«

Caden rollte sich von der Pritsche und stand stramm. Eduard und die beiden anderen kamen direkt auf ihn zu.

»Sie sind verhaftet«, sagte Eduard. »Bringt ihn in den Kerker.«

»Verhaftet? Wofür?« Caden schaute von Eduard zu den Wachen, als ob die Antwort in ihren Gesichtern zu lesen wäre.

»Ich weiß, was Sie getan haben. Es hat keinen Sinn, Unwissenheit vorzutäuschen. Das macht es nur schlimmer. Nehmt ihn mit.«

Die Wachen drehten ihn gewaltsam um und fesselten seine Hände mit einem Seil, dann hakten sie ihre Arme bei ihm ein und marschierten ihn durch die Kaserne in

Richtung Tür. Caden verstand nicht, wovon Eduard sprach. Er hatte nichts Falsches getan. Oder etwa doch?

Als sie an Thais' Pritsche vorbeikamen, stand sie daneben. Caden sah sie flehend an, und sie formte mit den Lippen die Worte »Es tut mir leid.«

17

Cadens Kuss verfolgte sie.

Mina war noch nie zuvor geküsst worden, und die Erfahrung ließ sie taumeln und verwirrt zurück. Ihre Gefühle waren ein verwirrendes Durcheinander. Sie hatte angenommen, dass er Gefühle für Thais hatte, aber offensichtlich hatte sie sich geirrt. Caden war gutaussehend und muskulös, aber sie hatte ihn nie als mehr als einen Freund gesehen.

Nein, das war nicht ganz wahr. Mina belog sich selbst, und das wusste sie. Vielleicht war es die Angst vor dem Unbekannten, die sie zurückhielt, aber sie wollte nicht, dass Caden mehr als ein Freund war. Es gab zu viele Dinge zu bedenken.

Er war in erster Linie ein Runenmeister. Sein Leben würde immer in Gefahr sein. Sie war eine Sklavin von Lord Klodian.

Außerhalb seiner Launen hatte sie nicht viel Kontrolle über ihr Leben. Noch nicht jedenfalls. Und es gab keine Möglichkeit zu wissen, wann sie frei sein würde ... falls überhaupt. Träume waren das eine, aber die Realität war etwas anderes.

Caden wollte auch die Thophate-Herrschaft verlassen. Wenn er ginge, könnte Mina ihm nicht folgen, es sei denn, sie erlangte ihre Freiheit. Nicht ohne Klodians Zorn auf sich zu ziehen, und sie wusste, er würde nichts unversucht lassen, um sie zu finden, wenn sie weglaufen würde. Seine Jagden und sein Reichtum waren ihm zu wichtig.

Mina starrte einen Moment lang auf die Sammlung von Hörnern in der Truhe, bevor sie den Deckel schloss. Einige der Diener würden ihr seltsame Blicke zuwerfen, wenn sie sie herausholte, um sie anzusehen, aber sie verstanden es nicht. Es war keine morbide Faszination, weshalb sie sie aufbewahrte. Es waren Trophäen, die Beute ihres persönlichen Krieges gegen Drachen.

»Das wird niemand je verstehen«, flüsterte sie.

Mina stellte die Truhe auf den Boden und schob sie unter das Bett. Sie hoffte, Caden hatte seinen Weg aus dem Schloss gefunden.

Es war verlockend gewesen, ihm nachzulaufen, aber sie wusste, dass Kera jederzeit zurückkommen könnte. Wenn Caden beim Regelbrechen erwischt würde, würde Mina sich schrecklich fühlen. Sie hatte ihn überredet, ins Schloss zu kommen, also wäre jede Strafe, die er erhielte, ihre Schuld.

Sie setzte sich aufs Bett und zog ihre Stiefel aus. Erleichterung durchströmte ihre Füße. Lord Klodian war in den letzten Tagen unerbittlich gewesen, hatte die Wüste nach Drachen durchkämmt. Morgen würde es nicht anders sein. Sie seufzte und legte sich hin, starrte zur dunklen Decke hinauf.

Als sie das nächste Mal zu sich kam, filterte schwaches Licht durch die Fenster. Sie war eingeschlafen und vermutete, dass sie sich die ganze Nacht nicht bewegt hatte, da sie sich in derselben Position befand, in der sie gewesen war, als sie über Caden nachgedacht hatte. Mit der aufgehenden Sonne würde Lord Klodian sich zum Aufbruch bereit machen. Mina rieb sich die Augen und setzte sich auf, ließ ihre Beine über die Bettkante gleiten. Sie zog ihre Stiefel an und beschloss, zur Kaserne zu gehen, um Caden zu sehen, bevor sie aufbrach.

Da es noch früh war, war das Schloss still. Die meisten Diener schliefen noch, und Mina begegnete niemandem in den Gängen. Sie verließ das Schloss und überquerte den Hof, betrat leise die Kaserne. Die Runenmeister würden bald aufstehen, um ihren nächsten Trainingstag zu beginnen, und Mina wollte nicht mitten im Chaos stehen.

Sie suchte die Reihen der Feldbetten ab, aber sie sah Caden nirgends. Hatte er seinen Lauf um das Schloss früh begonnen? Sie hielt inne und sah sich in der Kaserne um.

»Was machst du hier?«, flüsterte Thais.

Mina wirbelte herum, ihr Herz raste. Thais saß auf ihrem Feldbett und starrte Mina an.

»Ich habe nach Caden gesucht.«

»Das dachte ich mir schon. Er ist nicht hier.«

»Läuft er seine Runden?«

Thais schüttelte den Kopf. »Er ist im Kerker«, antwortete sie. »Hauptmann Eduard hat ihn gestern Nacht verhaftet.«

Minas Augen weiteten sich. »Was? Warum?«

Thais zuckte mit den Schultern. »Wenn es jemand weiß, sagt es keiner. Eduard hat ihn weggeschleppt und wir haben seitdem weder ihn noch Eduard gesehen.«

Mina musste herausfinden, was passiert war, aber das musste warten. Lord Klodian wartete wahrscheinlich schon auf sie. »Wenn du etwas hörst, lass es mich bitte wissen. Ich werde dasselbe für dich tun.«

»Klingt fair für mich.«

Mina eilte aus der Kaserne und wandte sich dem Stall zu. Wie vermutet wartete Lord Klodian bereits auf sie, als sie ankam. Vhan war auch da, aber keine der üblichen Begleiter war anwesend.

»Wenn du noch einmal verschläfst, werde ich dich hinter meinem Pferd herziehen«, drohte Klodian.

»Es tut mir leid, mein Herr. Es wird nicht wieder vorkommen.«

»Sieh zu, dass es nicht passiert. Du wirst heute mit Vhan reiten. Du bist in letzter Zeit zu langsam gelaufen, und ich muss heute früher zurück sein. Ich habe Angelegenheiten zu erledigen.«

Mina nickte, erleichtert zu wissen, dass sie nicht den ganzen Tag in der Hitze verbringen würden. Sie ging zu Vhans Pferd, und der Knappe bot ihr seine Hand an, zog sie hinter sich in den Sattel. Es war ein unbequemer Platz zum Sitzen, aber sie war froh, dass sie nicht zu Fuß gehen musste.

Sie ritten nach Nordwesten, in dieselbe Richtung wie am Tag zuvor. Mina hielt sich an Vhan fest, um nicht vom Pferd zu fallen, aber es schien ihn nicht zu stören. Schließlich begann Lord Klodian mit Vhan zu sprechen. Mina hörte nur halb zu, aber es klang, als wären Klodians Berater nicht zufrieden mit ihm.

»Ich bin der Herr dieser Herrschaft«, sagte Klodian. »Ich lasse mich nicht wie ein Kind ausschimpfen. Wenn sie weiter klagen wollen, werde ich sie alle an den Galgen hängen.«

»Ich glaube, sie sind besorgt, mein Herr«, erwiderte Vhan.

»Worüber?«

»Um Euch, unter anderem. Ihr habt noch nie so viel Drachen gejagt, seit ich lebe. Und dann sind da die Gerüchte ...«

»Pah! Gerüchte sind alles, was sie sind. In den Herrschaften braut sich kein Krieg zusammen. Der Hohe Prinz würde mit seinen Armeen aus dem Norden herabstürmen und uns allen recht schmerzhaft in Erinnerung rufen, wie er die Länder ursprünglich vereint hat. Und was die Drachenjagden angeht, das geht niemanden etwas an außer mir, wenn ich Rache an diesen verdammten Kreaturen suche. Sie haben Slia zerstört, und ich werde nicht zulassen, dass man sagt, ich hätte den Drachen nicht die Hölle auf Erden bereitet.«

»Ich stehe auf Eurer Seite, Herr. Ich will Gerechtigkeit genauso sehr wie Ihr.«

Mina rieb ihr linkes Bein. Die Schuppe gab ihr etwas, aber es war schwach.

»Das weiß ich«, sagte Klodian. »Und ich schätze deine Loyalität. Deshalb bist du heute bei mir und meine Berater nicht. Ich bin es leid, ihr ständiges Jammern zu hören.«

»Meine Ohren danken Euch«, erwiderte Vhan lachend.

Lord Klodian blickte zu Mina. »Irgendwas?«

»Ja, aber es ist noch nicht sehr stark. Vielleicht ein Stück weiter.«

Vor ihnen ragte eine Mesa über die Landschaft. Mina vermutete, dass es dort eine Höhle gab, da das Gefühl stärker wurde, je näher sie kamen. Als sie nur noch ein paar hundert Fuß entfernt waren, war sich Mina sicher, dass es hier war.

»Es ist hier«, sagte sie.

Die Mesa wurde von einem schmalen Pass in zwei Teile geteilt. Für Mina sah es aus, als hätte jemand die Mesa wie ein Ei aufgeschlagen. Die Wände des Passes waren jedoch nicht zackig, sondern wiesen stattdessen ein schachbrettartiges Muster auf.

»Der Drache ist da drin.« Mina zeigte auf die schmale Öffnung zwischen den beiden gewaltigen Teilen der Mesa.

Sie zügelten die Pferde zum Stillstand und Lord Klodian stieg ab. Er nahm sein Schwert vom Sattel und schnallte es sich um die Hüfte, dann sah er zu Vhan.

»Seid Ihr bereit?«

»Mein Lord?«

»Ihr kommt diesmal mit mir. Ich möchte, dass Ihr seht, was es braucht, um einen zu töten. Selbst mit meinen Runen sind sie gefährliche Gegner.«

»Darauf habe ich lange gewartet«, sagte Vhan. Er glitt aus dem Sattel und richtete sein Kettenhemd, dann blickte er zu Mina hinauf.

»Willst du auf dem Pferd bleiben?«

»Nicht wirklich.«

Vhan bot ihr seine Hand an, und sie nahm seine Hilfe beim Absteigen an. Sobald sie am Boden war, gingen Lord Klodian und Vhan gemeinsam in den Pass hinein. Mina hielt die Zügel von Vhans Pferd und strich mit den Händen über seinen weichen Hals. Es wieherte leise und stupste sie mit seiner Nase an, als sie aufhörte.

»Du musst nicht unhöflich sein«, sagte Mina neckisch.

Die Schuppe in ihrem Bein warnte sie vor der Anwesenheit eines weiteren Drachen. Und noch eines. Sie drehte sich zum Pass und suchte den Himmel ab, aber es waren keine Drachen in der Luft zu sehen. Es waren definitiv drei. Sie konnte jeden einzelnen individuell spüren. Beide Pferde wurden zusehends unruhiger. Sie schnaubten und stampften auf den Boden.

Etwas stimmte nicht.

Mina wusste nicht, woher die anderen beiden Drachen gekommen waren, aber wenn drei im Pass waren, wäre Lord Klodian unterlegen. Sie musste ihn warnen, bevor es zu spät war, doch bevor sie etwas tun konnte, kreischte Vhans Pferd auf und bäumte sich auf den Hinterbeinen auf, riss ihr die Zügel aus der Hand. Mina sah hilflos zu, wie beide Pferde kehrtmachten und davongaloppierten, in Richtung Schloss.

Die Schuppe in ihrem Bein vibrierte, und sie sprintete zur Mesa.

18

Thais hatte ihn verraten.

Ihre Entschuldigung war ein Schuldeingeständnis. Das Bild, wie sie ihre Reue ausdrückte, hatte sich in seinem Kopf immer wieder abgespielt und ihn die meiste Nacht wachgehalten. Außerdem war es kalt gewesen und er hatte keine Decke.

Caden saß auf dem eiskalten Steinboden seiner Zelle, den Rücken gegen die Wand gepresst. Seine Handgelenke waren gefesselt und mit Ketten an den Steinen hinter ihm befestigt. Es ergab keinen Sinn. Warum hatte sie ihn wegen seiner Entdeckung verpetzt? Und warum war das Kapitän Eduard so wichtig? Es war schwer zu begreifen, dass Eduard Thais' wilde Verschwörungstheorie glaubte.

Trotzdem saß er hier im Kerker.

Sich nähernde Schritte erregten seine Aufmerksamkeit. Jemand blieb vor seiner Zelle stehen, und Caden kniff die Augen zusammen, um in der Dunkelheit etwas zu erkennen. Schlüssel rasselten und die Zellentür schwang auf. Eine Gestalt trat ein und verharrte.

»Hungrig?«

Es war Kapitän Eduard. Er trat näher und kniete sich hin, um Caden ein Tablett mit einer Schüssel dampfender Suppe und einem halben Laib Brot anzubieten. Cadens Magen knurrte bei diesem Anblick und er nahm das Tablett und begann zu essen. Eduard erhob sich wieder und stand schweigend da.

»Ich weiß, was du getan hast«, sagte er schließlich.

»Was denn?«

Eduard schnaubte halb lachend. »Sind wir keine Erwachsenen? Hör auf mit den Spielchen, Caden. Du hast Lord Klodian etwas in Slia angetan. Gib es einfach zu.«

Caden leckte sich die warme Suppe von den Lippen. »Ich habe Lord Klodian nichts angetan. Ich habe dir gesagt, ich habe ihn bewusstlos gefunden. Was hätte ich überhaupt davon, ihm zu schaden? Es ist ja nicht so, als wäre ich sein Erbe und könnte seine Position übernehmen.«

»Das stimmt zwar, aber ich bin sicher, du hast andere Beweggründe. Deine Loyalität liegt sowieso woanders, nicht wahr?«

»Meine Loyalität gilt dir und Lord Klodian«, erwiderte Caden. »Ich habe nichts getan, das dich daran zweifeln lassen sollte.«

Eduard verschränkte die Arme und starrte Caden an, der seinerseits weitergegessen. Er aß das Brot auf und tunkte das letzte Stück in die Suppe für mehr Geschmack.

»Ehrlich gesagt hatte ich schimmliges Brot und kaltes Essen erwartet.«

»Wir sind keine Tyrannen«, schnaubte Eduard.

»Und dafür bin ich dankbar.«

»Aus welcher Dominion kommst du?«

»Aus dieser hier«, sagte Caden. »Ich wurde hier im Thophat geboren.«

»Das glaube ich dir nicht.«

»Glauben Sie, was Sie wollen, Sir. Ich habe keinen Grund zu lügen.«

»Natürlich hast du den. Du bist ein Spion aus einer anderen Dominion, vielleicht sogar ein Attentäter. Wer hat dich hierher geschickt?«

Caden schlürfte den Rest der Suppe und stellte die Schüssel auf das Tablett, dann schob er es beiseite. Er wischte sich mit dem

Handrücken den Mund ab, wobei die Ketten bei seinen Bewegungen klirrten.

»Niemand hat mich hierher geschickt. Ich bin aus eigenem Willen hier. Ich will ein Runenmeister sein. Ich *bin* ein Runenmeister. Du hast meinen Wert erkannt und mich ausgewählt. Warum stellst du mich jetzt in Frage? Weil ich Lord Klodian bewusstlos gefunden habe? Thais und Mina waren bei mir, bevor wir anfingen, nach ihm zu suchen. Hast du mit ihnen gesprochen?«

»Ja«, antwortete Eduard. »Sie schienen aufrichtig zu sein, aber Thais hängt an dir und Mina ist eine Sklavin. Ihr Wort bedeutet nichts.«

»Und was ist mit Thais' Wort? Bedeutet es auch nichts? Du hast selbst gesagt, wir sind eine Bruderschaft. Selbst wenn sie etwas für mich empfindet, würde sie ihren Eid als Runenmeisterin nicht brechen.«

»Sag was du willst, aber bis du zugibst, was du hier treibst oder deine Unschuld beweist, wirst du hier unten verrotten.«

»Wie soll ich meine Unschuld beweisen? Ich habe dir alles erzählt und du hast dich entschieden, mir nicht zu glauben.«

»Ich habe Beweise«, sagte Eduard.

Caden vermutete, dass er von dem Metallstück sprach, das er in Slia gefunden hatte. Wenn er zugab, es gefunden zu haben, würde Eduard ihn dann freilassen?

»Wenn Sie sich auf das beziehen, was ich in Slia gefunden habe, das ist kein Beweis für irgendetwas. Ich habe es in den Trümmern gefunden, und ich bin sicher, dass es nichts mit Thais' Theorie zu tun hat.«

Eduard starrte ihn hart an, dann entfaltete er seine Arme und nahm das Tablett. Er ging zur Zellentür und hielt inne, wobei er über seine Schulter zu Caden blickte.

»Du wirst irgendwann brechen«, sagte er. »Und wenn es soweit ist, werde ich hier sein, um deine Strafe zu vollstrecken.«

Eduard schloss die Tür hinter sich und schloss ab. Seine Schritte verklangen allmählich und Caden blieb verwirrter zurück als vor ihrem Gespräch. Hatte wirklich ein Spion aus einer anderen Dominion Lord Klodians Armee infiltriert? Und wenn ja, was war ihre Mission? Vielleicht könnte Caden, wenn er herausfände, wer es war, Eduard den Namen nennen und seine Freilassung sichern.

Leider hinderte ihn die Gefangenschaft im Kerker daran, Informationen zu sammeln, aber auf der positiven Seite hatte er jede Menge Zeit zum Nachdenken. Er begann, alles zu analysieren, was er über seine

Mitrunenmeister wusste. Er ließ Gespräche Revue passieren und versuchte, irgendetwas Verdächtiges zu finden, aber er kam zu ... so gut wie nichts.

Soweit er es beurteilen konnte, schienen alle, die zur gleichen Zeit wie er Lord Klodians Armee beigetreten waren, legitim zu sein. Kapitän Eduard musste sich irren. Oder er hatte all diese Dinge nur gesagt, um seinen Verstand zu verwirren. Caden stieß einen Seufzer aus und lehnte seinen Kopf gegen die Wand. Er wollte nicht den Rest seiner Tage im Kerker verbringen, aber ohne die Hilfe von jemandem befürchtete er, dass dies sein Schicksal sein würde.

19

Mina trat so leise wie möglich in den Eingang der Passage. Sie hörte keine Kampfgeräusche, und der Durchgang, der sich durch die Mesa schlängelte, war so verwinkelt, dass es unmöglich war zu sehen, was vor ihr lag. Sie hoffte, dass die Stille nichts Schlimmes bedeutete.

Die Wände der Mesa ragten hoch über ihr auf. Kleine Spalten zweigten nach links und rechts ab, waren aber zu eng zum Durchkommen. Im Sand waren deutlich zwei Paar Fußspuren zu erkennen. Lord Klodians Spuren waren eindeutig die größeren, und sie folgte demselben Pfad.

Mina konnte durch die Schuppe drei verschiedene Drachen spüren, wobei einer sich viel stärker anfühlte als die anderen. Sie waren alle nah, zu nah für ihren Geschmack, aber wenn sie Klodian nicht warnte, bevor er auf sie stieß, würde sie allein zum Schloss zurückkehren. Natürlich würde das bedeuten, dass sie von der Sklaverei befreit wäre, aber sie wollte noch mehr von der verfluchten Schuppe befreit sein.

Ein Brüllen erfüllte die Luft und hallte von den Wänden wider. Der Klang war so gewaltig, dass Mina innehielt und fast geflohen wäre. Ein Gefühl der Angst überkam sie, aber irgendetwas tief in ihr trieb sie dazu, weiterzugehen. Es folgte ein metallisches Klirren, gefolgt von einem schmerzerfüllten menschlichen Schrei. Mina wappnete sich gegen ihre Angst und spähte um die gekrümmte Wand. Der enge Durchgang öffnete sich zu einem großen Raum, und ihre Augen weiteten sich.

Dort waren drei riesige kupferfarbene Drachen. Sie waren alle gleich groß, aber den in der Mitte konnte Mina am stärksten durch die Schuppe spüren. Eine Reihe von Stacheln zog sich von seinem Kopf den Rücken hinunter, wobei jeder einzelne zum Schwanz hin kleiner wurde. Zwei lange, gebogene Hörner schwangen sich von beiden Seiten seines Kopfes nach hinten, und an den Spitzen seiner Flügel befanden sich kleinere Hörner.

Klauen, so lang wie Dolche, gruben sich in den Boden, als er einen Schritt machte. Sein Maul stand offen, Speichel tropfte von seinen Zähnen. Dann bemerkte Mina Lord Klodian, der vor dem Drachen am Boden lag. Sein Schwert lag einige Meter entfernt, und er kroch rückwärts wie eine Krabbe. Sie vermutete, dass er verletzt war, nach der Art wie er sich bewegte, und sie suchte nach Vhan.

Der Knappe war in der Nähe eines der anderen Drachen, aber anders als Klodian bewegte er sich nicht. Eine dunkle Pfütze umgab seinen Körper und Mina befürchtete, dass der Junge tot war. Sie wusste nicht, was sie tun sollte. Zum Schloss zurückzukehren, um Hilfe zu holen, war keine Option. Selbst wenn die Pferde nicht davongelaufen wären, war es zu weit.

Töte ihn.

Mina wirbelte herum, um zu sehen, wer hinter ihr war, aber der Gang war leer. Sie hatte eine Stimme gehört. Woher war sie gekommen?

Ja, töte ihn.

Eine zweite Stimme.

Mina schaute nach oben, aber da war nichts außer dem blauen Himmel. Verlor sie den Verstand? Hatte der Fluch endlich seinen Tribut gefordert? Was geschah hier?

Keine Sorge, Brüder. Der Drachentöter wird sterben, aber ich will ihn zappeln sehen.

Mina erstarrte. Hundert Gedanken wurden zu einem verworrenen Durcheinander in ihrem Kopf. Sie spähte langsam wieder um die Ecke. Der Drache in der Mitte pirschte sich an Klodian heran. Hörte sie etwa die Drachen? Nein, das war unmöglich. Drachen konnten nicht sprechen. Sie waren hirnlose Tiere. Sie-

Da ist noch einer in der Nähe. Schnell, Bruder! Bevor noch mehr von ihnen auftauchen.

Der Drache, der Klodian nachstellte, stieß ein kehliges Knurren aus und stürzte vor. Klodian ließ sich flach fallen, und das Maul des Drachen voller messerscharfer Zähne verfehlte ihn nur knapp. Minas Herz machte einen Sprung in ihrer Brust. Das war's. Klodian würde sterben. Er hob einen Arm, als könnte er das mächtige Wesen abwehren. Als Mina in ihr Blickfeld trat, wusste sie nicht einmal, warum sie es tat.

»Halt!«

Alle drei Drachen rissen ihre Köpfe in ihre Richtung, und ihr wurde klar, dass sie einen schrecklichen Fehler gemacht hatte. Jetzt würden sie alle als Drachenfutter enden.

Es ist eine Frau. Das war der Drache links.

Eine mutige. Das kam von dem rechts.

Mina hatte keine Ahnung, woher sie wusste, welcher sprach, sie wusste es einfach. Vielleicht lag es an der Schuppe. Oder vielleicht halluzinierte sie diese ganze Situation. Ja, möglicherweise hatte ihr die Hitze zugesetzt und sie lag eigentlich bewusstlos auf Vhans Pferd und träumte all dies im Fieber.

Sie wird sterben wie der Drachentöter. Der Anführer der Gruppe. Derjenige, zu dem sie die stärkste Verbindung spürte. Seine Präsenz schien größer als das Leben selbst, und sie meinte, Andeutungen von Gefühlen und Gedanken von ihm wahrzunehmen. Er war hauptsächlich wütend, aber darunter lag ein Hauch von Hunger, und das alles war in Angst gehüllt. Angst? Der Drache hatte Angst? Wovor? Und warum?

Die Zeit schien stillzustehen. Mina stand wie angewurzelt da, von Drachenangst überwältigt. Sie war noch nie so nah an einem gewesen. Vielleicht konnte sie deshalb ihre Gedanken hören. Sie versuchte sich zu bewegen, aber sie war vor Schrecken wie gelähmt. Der Anführer spreizte seine Krallen und schlug seine rechte Vorderklaue über Klodian, nagelte ihn am Boden fest.

Mina wollte schreien, aber sie konnte ihren Mund nicht bewegen. Ihre Muskeln verweigerten ihren Willen. Der Drache senkte seinen Kopf, nur Zentimeter von Klodians Gesicht entfernt. Die Luft aus den Nüstern des Drachen zauste Klodians Haar, und der Dominion-Lord kämpfte gegen die Klaue des Drachen an.

Gerechtigkeit ist gekommen für diesen Menschen, den Mörder von Drachen.

Möge er selbst im Tod keine Ruhe finden, stimmten die anderen beiden im Chor ein.

Der Anführer öffnete sein Maul. Mina konnte sich immer noch nicht bewegen, also tat sie das Einzige, was ihr einfiel. Sie schrie so laut sie konnte in ihrem Geist, richtete es auf die Empfindungen, die sie von der Schuppe in ihrem Bein spürte.

Töte ihn nicht!

Der Drachenanführer erstarrte, sein feuriger Blick richtete sich auf sie. Die anderen beiden Drachen traten langsam zurück, und sie konnte ihre Angst *riechen*. Es war der Duft von Lavendel. Mina hatte keine Zeit darüber nachzudenken, wie sie ihre Angst riechen konnte. Ihr Terror verflog und sie hob ihre rechte Hand in die Luft.

Töte ihn nicht! schrie sie wieder. Die zwei Drachen schnaubten und entfalteten ihre Flügel. Sie krallten sich die Seiten der Mesa hinauf und stürzten sich in die Luft. Der Anführer betrachtete sie misstrauisch, und der Lavendelduft strömte von ihm aus. Mina machte einen Schritt nach vorn und der Drache spannte sich an.

Flieh! befahl Mina.

Der Drache starrte sie an, seine Augen musterten sie von oben bis unten. Sein Blick blieb an ihrem Bein hängen, und Minas Wangen erröteten. Anscheinend verurteilten sogar Drachen ihre Missbildung. Der Drache zog sich plötzlich zurück und kletterte die Mesawand hinauf, den anderen beiden folgend. Er sprang in die Luft und breitete seine Flügel aus, schlug sie und gewann an Höhe. Obwohl er so hoch oben war, wirbelte die Luft seiner Flügel den Sand in der Lichtung auf. Mina vergrub ihr Gesicht in ihrer Armbeuge und wartete, bis sich der Staub gelegt hatte, dann eilte sie zu Klodian. Sie hob das Visier seines Helms und begegnete seinen Augen.

»Du hast mein Leben gerettet«, hauchte er.

Sie hatte es aus egoistischen Gründen getan, aber das musste er nicht wissen. Er war ihr Schlüssel zur Befreiung von dem Fluch, der jetzt noch schlimmer war, da sie wusste, dass sie Drachen hören konnte.

»Wir müssen dich zurück zum Schloss bringen«, sagte sie. »Kannst du laufen? Die Pferde sind weg.«

»Ich schaffe das. Ich werde die Runen benutzen, wenn es nötig ist.«

Mina packte seine Hand und zog mit aller Kraft. Er kam auf die Füße und Mina ging in Richtung Vhan.

»Lass ihn«, sagte Klodian. »Er ist tot.«

»Bist du sicher, mein Herr?«

»Nicht einmal ich hätte überlebt, was ihm zugestoßen ist.«

Mina ging trotzdem zu Vhan hinüber, kniete sich neben ihn und versuchte, nicht auf das Grauenhafte zu schauen. Seine Augen waren offen und starrten ins Leere. Klodian hatte Recht. Er *war* tot. Sie drückte ihre Fingerspitzen auf seine Augenlider und schloss sie sanft.

»Finde Ruhe in der Geisterwelt«, sagte sie leise.

Sie erhob sich und kehrte an Klodians Seite zurück, und sie durchquerten den Durchgang aus der Mesa heraus. Mina schaute immer wieder zum Himmel, aber es gab keine Spur von den Drachen. Sie konnte den mächtigen Anführer immer noch durch die Schuppe in ihrem Bein spüren und blickte zurück zur Mesa. Er versteckte sich wahrscheinlich dort und beobachtete sie.

»Was ist los?«, fragte Klodian.

»Nichts«, antwortete Mina. »Ich bin nur nervös.«

»Ich stehe in deiner Schuld, Mina. Überlege dir, was du willst. Ganz gleich was es ist, es soll dir gehören.«

Es gab vieles, was Mina wollte, aber in diesem Moment gab es nur eines, das wichtig war. Als sie durch die Wüste zurück zum Schloss stapften, wurde ihr bewusst, dass Klodian sie zum ersten Mal bei ihrem Namen genannt hatte.

20

Das Klirren von Schlüsseln riss Caden aus seiner Benommenheit.

Er blinzelte mehrmals und fragte sich, ob das Geräusch real war oder Teil seiner Tagträumerei. Als das Schloss klickte und die Zellentür aufschwang, hatte er seine Antwort. Hauptmann Eduard trat ein, und er sah nicht glücklich aus.

Das kleine rechteckige Fenster hoch über ihm ließ gerade genug Licht in die Zelle fallen, damit er erkennen konnte, dass Eduard ein Bündel Kleidung unter dem Arm trug. Der Mann hatte die Kiefer zusammengepresst, ging zur Pritsche und legte die Kleidung ab, dann löste er die Fesseln von Cadens Handgelenken.

»Was geht hier vor?«, fragte Caden.

»Sie werden in eine andere Domäne verlegt, auf Anordnung von Lord Klodian.«

Caden rieb sich gedankenverloren seine schmerzenden Handgelenke. Er wurde verlegt? Eine Vielzahl von Fragen wirbelte durch seinen Kopf. In eine andere Domäne verlegt zu werden, war sein Ziel gewesen, als er vor über einer Woche Runenmeister wurde, aber jetzt hatte er Zweifel. Die Zeit mit Thais und Mina hatte ihn dieses Ziel hinterfragen lassen, und er war nun verwirrter als je zuvor.

»Ich ... verstehe nicht«, sagte er.

»Das müssen Sie auch nicht. Es ist Lord Klodians Wille, und so wird es geschehen. Ziehen Sie sich an. Wenn Sie fertig sind, holen Sie Ihre Sachen aus der Kaserne und machen sich auf den Weg.«

Eduard trat aus der Zelle und wartete im Gang. Caden wollte sein Glück nicht in Frage stellen und zog sich schnell die saubere Kleidung an, die Eduard mitgebracht hatte. Es waren nicht seine eigenen, aber sie passten gut genug. Er warf die schmutzigen Lumpen, die er getragen hatte, auf die Pritsche, streckte seine Muskeln und gesellte sich zu Eduard im Gang.

»Folgen Sie mir.«

Caden tat wie ihm geheißen und folgte Eduard aus dem Kerker ins Schloss. Sie sprachen kein Wort miteinander, und Caden begann zu verstehen, dass was auch immer zwischen Eduard und Lord Klodian vorgefallen war, nicht Eduards Wunsch entsprach. Sie verließen das Schloss und Caden atmete tief die frische Luft ein. Er war nicht lange im Kerker gewesen, aber der Gestank war überwältigend gewesen. Ungewaschene Körper und die Wüstenhitze waren eine schlechte Kombination.

Die beiden marschierten über den Hof zur Kaserne. Die anderen Runenmeister waren beim Training, und das Gebäude war leer. Caden ging zu seiner Pritsche und sammelte seine bescheidenen Habseligkeiten ein, die nichts weiter als zwei Garnituren Kleidung, ein kleiner Beutel Silbermünzen und das Metallstück waren, das er in Slia gefunden hatte. Er stopfte alles in eine Ledertasche und wandte sich Eduard zu.

»Kann ich mich von einigen Leuten verabschieden?«

»Nein.«

An seinem Tonfall erkannte Caden, dass es keinen Spielraum für Diskussionen gab. Er nickte, ohne zu argumentieren.

»In welche Domäne werde ich verlegt?«

»Die Dracan-Domäne. Sie liegt nordöstlich von hier. Sie bekommen ein Pferd, also sollten Sie in wenigen Tagen dort sein. Wenn Sie hart reiten, schaffen Sie es in zwei Tagen.«

Die Dracan-Domäne. Caden kannte sie. Jeder kannte sie. Sie war die Heimat von Lord Kristofel D'Lance, der rechten Hand des Hohen Prinzen selbst. Er verfügte über die größte Armee und mehr Land als jeder andere Domänenherr. Das alles verwirrte Caden noch mehr. Die Versetzung sollte für jemand Angesehenen sein, nicht für einen unerfahrenen Runenmeister wie ihn. War seine Verlegung eine Strafe oder eine Belohnung?

»Eine der Patrouillen wird Sie zur Grenze begleiten, von dort an sind Sie auf sich allein gestellt.«

»Darf ich offen sprechen, Herr Hauptmann?«

»Sie dürfen.«

»Ich weiß, Sie denken immer noch, ich hätte Lord Klodian etwas angetan, und außer wenn einer der Götter selbst käme, um Ihnen das Gegenteil zu sagen, weiß ich, dass Sie Ihre Meinung nicht ändern werden. Ich stehe zu meinen Worten. Ich habe ihm nichts getan, das schwöre ich. Ich weiß nicht, warum ich verlegt werde, aber falls wir uns nie wiedersehen sollten, möchte ich, dass Sie wissen, dass ich keinen Groll gegen Sie hege. An Ihrer Stelle würde ich auch meinen Gefühlen vertrauen, aber manchmal können die Dinge, die richtig erscheinen, nicht weiter von der Wahrheit entfernt sein.«

Hauptmann Eduard räusperte sich.

»Sie sind ein guter Soldat, daran besteht kein Zweifel. Ob meine Vermutungen nun stimmen oder nicht, spielt jetzt keine Rolle mehr. Sie unterstehen nicht länger meinem Kommando. War das alles?«

»Ja, Herr Hauptmann.«

»Gut. Kommen Sie.«

Sie gingen zum Stall, und Caden war überrascht zu sehen, dass bereits ein Pferd für ihn vorbereitet worden war. Das Reittier war gesattelt und ein Beutel mit Proviant war daran befestigt. Er wurde verlegt, bekam ein Pferd und Vorräte, und das sollte irgendwie eine Strafe sein? Caden lächelte in sich hinein. Vielleicht war ein Neuanfang genau das Richtige für ihn. Ein unbeschriebenes Blatt in einer neuen Domäne könnte genau das sein, was er brauchte.

Caden band seine Tasche am Sattel fest und stieg auf das Pferd. Eduard blickte zu ihm hoch, und er hatte das Gefühl, dass der Hauptmann etwas sagen wollte. Der Mann blieb jedoch stumm.

»Mögen die Winde zu Ihren Gunsten wehen, um den Staub von Ihren Augen fernzuhalten«, sagte Caden.

»Möge die Sonne in Ihrem Rücken stehen, damit Sie Ihre Feinde immer sehen«, erwiderte Eduard.

Caden nahm die Zügel in die Hand und schnalzte mit ihnen, während er das Pferd in Richtung der Tore lenkte. Sobald er außerhalb der Schlossmauern war, entdeckte er die Patrouille, die Eduard erwähnt hatte. Die kleine Gruppe wartete auf ihn, und als er sich ihren Reihen anschloss, wendeten sie nach Nordosten und begannen den Marsch zur Grenze.

Er kannte keinen der anderen Runenmeister. Sie waren seine Vorgesetzten, und sie alle trugen Narben von unzähligen Schlachten. Sie mussten aus anderen Domänen überführt worden sein, denn es war allgemein bekannt, dass Lord Klodian selten Krieg gegen seine Mitlords führte. Als er über den sprichwörtlichen Weg vor sich nachdachte, war er aufgeregt. Es war eine Chance, sich als fähiger Soldat zu beweisen und den Ruhm und Reichtum zu finden, den er sich schon so lange wünschte.

Während die Gelegenheit gut war, hasste er, wie alles geschehen war. Thais hatte sein Vertrauen verraten und ihn gezwungen, sie und Mina mit einem Schlag zu verlieren. Er hoffte, dass Thais sich schuldig fühlte. Eine plötzliche Welle der Wut überkam ihn, und er verfluchte sie. Sie hatte alles für ihn ruiniert, und nicht nur mit Hauptmann Eduard. Er hatte auch Mina verloren. Caden wusste, dass der Stachel ihres Verrats verblassen würde, aber die Erinnerung an ihre Taten würde bleiben.

Als der Samen des Hasses in ihm zu keimen begann, betete er im Stillen, dass er Thais eines Tages auf dem Schlachtfeld begegnen würde. Er konnte ihr Unrecht nicht wiedergutmachen, aber er konnte sich rächen.

Und er *würde* sich rächen.

21

Mina betrat mit zögernden Schritten Lord Klodians privates Gemach. Er hatte sie zu sich gerufen, und sie war sich nicht sicher, ob das ein gutes Zeichen war. Zwar hatte sie sein Leben gerettet, aber als Dominion-Lord schuldete er ihr nichts. Es war ein Wunder, dass er ihr überhaupt etwas gewährt hatte, aber sie war überzeugt, dass sie ihre Gunst für einen guten Zweck genutzt hatte.

Lord Klodian saß an seinem Schreibtisch, blätterte durch Pergamente und murmelte vor sich hin. Mina stand zur Seite und wartete, aber er war völlig in seine Arbeit vertieft. Sie wollte ihn nicht unterbrechen, aber er hatte sie zu sich gebeten. Ihre Handflächen waren vor Nervosität schweißnass, und sie räusperte sich.

Bei dem Geräusch blickte Klodian auf und runzelte die Stirn. Sie schluckte schwer und dachte, er sei verärgert.

»Wenn Sie beschäftigt sind, kann ich später wiederkommen, mein Lord.«

»Was? Ach. Nein. Nein, jetzt ist es gut.«

Er erhob sich von seinem Stuhl und stellte sich vor sie. Selbst ohne seine Rüstung war er eine eindrucksvolle Erscheinung. Er war größer als Caden. Auch muskulöser, und sein Körperbau war in einfacher Kleidung noch auffälliger. Graue Strähnen durchzogen sein braunes Haar, und seine blauen Augen waren hart wie Stahl.

»Ich wollte Ihnen mitteilen, dass Ihre Bitte um die Versetzung Ihrer Freundin in eine andere Dominion erfüllt wurde.«

»Ich danke Ihnen, mein Lord.«

»Das ist das Mindeste, was ich tun kann, um meine Schuld bei Ihnen zu begleichen. Eigentlich finde ich, dass es bei weitem nicht genug ist. Sie haben nicht einmal um etwas für sich selbst gebeten.«

Mina senkte den Blick zu Boden. Sie hatte an nichts für sich selbst gedacht außer an eine Möglichkeit, den Fluch der Schuppe aufzuheben, aber das konnte Klodian nicht, es sei denn, er tötete den verantwortlichen

Drachen. Und selbst das war nur eine Vermutung ihrerseits.

»Gibt es wirklich nichts, was Sie sich wünschen?«

»Ich weiß nicht«, antwortete Mina. »Vielleicht gibt es etwas, aber ich glaube nicht, dass Sie es mir geben können.«

Klodian lächelte wissend. »Selbst wenn ich die Schuppe von Ihrem Bein entfernen könnte, weiß ich nicht, ob ich es tun würde. Sie hat mich sehr reich gemacht.«

Mina wusste, dass er es nicht ernst gemeint hatte mit seinem Angebot, ihr alles zu geben, was sie sich wünschte. Abgesehen von der Entfernung der Schuppe wünschte sie sich nur noch ihre Freiheit. Und sie wusste mit Sicherheit, dass er ihr die nicht geben würde.

»Das ist mein Wunsch, aber ich weiß, dass Sie nicht die Macht haben, sie zu entfernen«, sagte sie. »Ich glaube nicht, dass irgendjemand das kann.«

»Es muss doch noch etwas anderes geben«, drängte Klodian. »Ich möchte niemandem etwas schuldig sein.«

Mina schüttelte den Kopf und öffnete den Mund, um zu sprechen, aber er brachte sie mit einem strengen Blick zum Schweigen. Sie fühlte, wie sie vor ihm zusammenschrumpfte.

Es war eine über die Jahre eingeübte Gewohnheit.

»Ich hatte angenommen, Sie würden um verschiedene Dinge bitten, und Sie haben mich überrascht, indem Sie um nichts davon gebeten haben. Ich habe lange darüber nachgedacht, seit wir das Plateau verlassen haben, und ich weiß, was ich Ihnen geben werde.«

Klodian hob seinen Arm, die Hand geschlossen. Offensichtlich hielt er etwas, und Mina bewegte langsam ihre Hand unter seine. Klodian öffnete seine Finger und ließ etwas Kaltes und Rundes in ihre Handfläche fallen. Sie zog ihre Hand zurück und sah, dass es ein goldenes Armband war. Mina schaute Klodian fragend an.

»Sie sind keine Sklavin mehr, Mina. Dieses Armband ist ein Zeichen Ihres Standes an meinem Hof. Von diesem Tag an sind Sie nun meine Beraterin.«

»Mein Lord? I-ich bin keine Beraterin«, stammelte sie. »Ich kenne mich weder mit Schlachten noch mit Politik aus. Wie kann ich eine Beraterin sein?«

»Ich werde eine Position für Sie finden, aber bis dahin sind Sie einfach ein Mitglied meines Hofes. Sie können kommen und gehen, wie Sie möchten, ich bitte Sie nur um eines.«

»Was?«

»Dass Sie mich weiterhin zu den Drachen führen«, sagte Klodian.

»Und wenn ich mich weigere?«

Mina bemerkte das leichte Anspannen seines Kiefers, aber er überraschte sie mit seiner Antwort.

»Das ist Ihre Entscheidung. Wie gesagt, Sie sind keine Sklavin mehr.«

Sie war sprachlos. Er hatte sie freigelassen. Sie forschte in seinem Gesicht, wartete auf die Enthüllung eines grausamen Scherzes. Klodian erwiderte ihren Blick, aber in seinen Augen lag keine Bosheit.

»Sie meinen das ernst, mein Lord?«

»Das tue ich.«

»Ich weiß nicht, was ich sagen soll. Ich ... danke Ihnen.«

»Sie haben mein Leben gerettet«, sagte er. »Sie müssen sich nicht bedanken. Dies ist *mein* Dank an *Sie*.«

Tränen stiegen in Minas Augen auf. Sie blinzelte mehrmals und kämpfte dagegen an, in Tränen auszubrechen.

»Es gibt einiges, um das ich mich kümmern muss, aber wenn Sie etwas brauchen, fragen Sie den Haushofmeister. Ich habe ihn bereits über die Änderungen informiert, Sie werden gut versorgt sein.«

»Nochmals vielen Dank, mein Lord«, sagte Mina leise, noch immer ungläubig.

Sie verließ den Raum wie in Trance und schaffte es irgendwie, durch das Labyrinth der Gänge zu den Dienerquartieren zu finden. Sie ging zu ihrem Bett, aber etwas war anders. Ein kurzer Blick zeigte ihr, dass alle ihre Habseligkeiten verschwunden waren. Panik überkam sie und sie schaute unter das Bett. Ihre Kiste mit den Hörnern war weg.

»Deine Sachen wurden in dein neues Zimmer gebracht«, sagte Kera hinter ihr.

Mina schaute vom Boden zu dem Mädchen auf. »Mein neues Zimmer?«

»Ja. Der Haushofmeister ließ uns alles hinbringen. Diese kleine Kiste mit deinen Hörnern hat ganz schön Gewicht.«

»Da sind viele Hörner drin«, sagte Mina. »Kannst du mir sagen, wo dieses Zimmer ist?«

»Ja, aber es ist wohl besser, wenn ich es dir zeige. Komm mit.«

Mina folgte Kera in den Gang und sie bogen nach links ab, ließen die Dienerräume hinter sich. Nach einigen Wendungen betraten sie den Flügel, der den Adeligen und anderen Hofmitgliedern vorbehalten war. Mina war nur ein paar Mal in diesem Teil des

Schlosses gewesen und wusste, dass sie sich erst an die neue Umgebung gewöhnen musste.

Kera hielt an einer der Türen und öffnete sie, bedeutete Mina einzutreten. Mina tat es und staunte über die kostbaren Möbel und anderen Schmuckstücke, die den Raum zierten. Ein Schwert hing an einer der Wände, und Mina fragte sich, was sie mit der Waffe anfangen sollte. Kera folgte ihrem Blick.

»Das war Vhans Zimmer«, sagte sie leise. »Das Schwert gehörte ihm. Der Haushofmeister hat es hängen lassen, aber wenn du möchtest, dass ich es entferne-«

»Es kann bleiben«, unterbrach Mina sie. »Es gefällt mir.«

»Sehr wohl. Brauchst du noch etwas, bevor ich gehe?«

Mina schüttelte den Kopf.

»Wenn Sie etwas brauchen, läuten Sie einfach die Glocke dort auf dem Schreibtisch, und einer der Diener wird Ihrem Ruf folgen. Der Schall verhält sich in diesen Hallen etwas merkwürdig, also könnte es einen Moment dauern, bis sie herausfinden, aus welchem Zimmer er kommt.« Kera hielt inne. »Nun denn, wir sehen uns im Schloss, meine Dame.«

Mina wand sich bei den letzten Worten, aber Kera war bereits auf dem Weg aus dem Zimmer und sah ihre Reaktion nicht. Minas gesamte Lebensweise hatte sich so plötzlich verändert. Es war keine schlechte Veränderung, aber es würde einige Zeit dauern, bis sie sich daran gewöhnt hatte, als »meine Dame« angesprochen zu werden.

Fenster säumten die gegenüberliegende Wand, und Mina ging hinüber, um zu sehen, was für eine Aussicht sie hatte. Der Innenhof war zu sehen, und sie entdeckte eine vertraute Gestalt. Caden. Er saß auf einem Pferd und ritt auf das Tor zu, das zu seinem neuen Leben führte. Ihr Herz zerbrach beim Anblick seines Abschieds, aber sie wusste, dass es das war, was er gewollt hatte. Sie wünschte, sie hätte sich verabschieden können, aber vermutlich wäre das schmerzhafter gewesen als ihn einfach davonreiten zu sehen.

Sie schaute ihm nach, bis sie ihn nicht mehr sehen konnte, dann ließ sie ihren Blick durch ihr neues Zimmer schweifen. Sie konnte immer noch nicht glauben, dass Klodian sie befreit hatte. Er wollte immer noch ihre Hilfe bei der Drachenjagd, und sie würde sie ihm gerne anbieten. Bis der Fluch gebrochen war, würde sie nicht aufhören, sie für ihn aufzuspüren.

Die Szene vom Tafelberg blitzte in ihrem Kopf auf. Die tiefen Stimmen der riesigen Drachen hallten in ihren Gedanken wider, und sie wusste, dass es lange dauern würde, bis sie den Klang vergessen würde. Mina rieb über die Schuppe an ihrem Bein und schaute wieder aus dem Fenster. Die Drachen waren nirgendwo in der Nähe des Schlosses, und dennoch konnte sie den mächtigen immer noch spüren. Warum konnte sie ihre Gedanken hören? Warum spürte sie den Anführer selbst jetzt noch? Es gab zu viele Fragen, zu viele Dinge, die sie nicht wusste.

Aber sie hatte eine Idee.

Sie würde sie wahrscheinlich das Leben kosten, aber wenn sie Erfolg hatte, dann könnte sie vielleicht endlich frei sein. Nachdem die Nacht hereingebrochen war, nahm sie Vhans Schwert von der Wand und trug es bei sich, als sie leise das Schloss verließ und sich zum Tafelberg aufmachte, wo sie wusste, dass der Drache sein würde. Sie wusste nicht, wie man ein Schwert benutzt, und war auch nicht stark genug, um gegen einen Drachen zu kämpfen, aber nichts davon spielte eine Rolle. Sie würde Antworten bekommen.

Über den Autor

Hallo!

Ich bin ein Fantasy-Autor, der es liebt, über Drachen zu schreiben. Ich habe über 40 Bücher veröffentlicht und habe vor, noch viele weitere zu schreiben.

Ich hoffe, dass Ihnen dieses Buch gefallen hat und danke Ihnen für die Lektüre.

Sie können mir in den sozialen Medien folgen, um direkt mit mir unter https:www.facebook.com/dragonfirepress in Kontakt zu treten.